대구, 찬란한 예술의 기억

대구, 찬란한 예술의 기억

대구 예술가의 삶과 예술

초판 1쇄 발행 2012년 10월 15일

지은이 임언미
펴낸이 오은지 **펴낸곳** 도서출판 한티재 **등록** 2010년 4월 12일 제2010-000010호
주소 706-821 대구시 수성구 범어4동 202-13 **전화** 053-743-8368 **팩스** 053-743-8367
전자우편 hantijaebook@daum.net **블로그** http://hantijaebook.tistory.com

ⓒ 임언미 2012
ISBN 978-89-97090-10-5 03810
책값은 뒤표지에 있습니다.

이 책 내용의 일부 또는 전부를 이용하려면 반드시 저작권자와 한티재의 서면 동의를 받아야 합니다.
이 도서의 국립중앙도서관 출판시도서목록(CIP)은 e-CIP홈페이지(http://www.nl.go.kr/ecip)와
국가자료공동목록시스템(http://www.nl.go.kr/kolisnet)에서 이용하실 수 있습니다.
(CIP제어번호: CIP2012004240)

이 책은 대구경북연구원의 지원을 받아서 집필되었습니다.

대구 예술가의 삶과 예술

대구, 찬란한 예술의 기억

임언미 지음

한티재

대구의 힘은 무엇일까. 대구를 대표할 수 있는 말에는 어떤 것이 있을까. 그동안 대구를 일컬어온 수식어는 수도 없이 많다. 그 가운데 문화예술에 관련된 것만 정리해도 '사진의 수도', '구상미술의 중심지', '현대미술 운동의 발산지', '작곡의 도시' 등등 다양하다. 그만큼 대구에서는 일찍부터 각 분야 예술인들의 활약이 활발했다. 오늘날 대구의 문화예술을 지키는 힘은 오랜 세월 그들이 일군 '찬란한 예술의 기억'에 있는 게 아닐까 한다.

이 책의 시작은 그 출발선으로 거슬러 올라가보자는 데 있었다. 수년간 대구에서 예술인들 틈에서 생활하며 그들의 땀과 노력이 스며든 예술 현장을 지켜봐왔다. 특히 원로 예술인들을 만나면서 자연스레 그들이 평생을 바쳐 일군 대구예술의 역사에 대해 관심을 갖게 됐다. 그래서 2000년대 초·중반부터 원로 예술인들을 만나 그들의 '삶과 예술'을 취재하기 시작했다. 그들을 인터뷰하면서 간접적으로나마 그 역사의 현장에 가볼 수 있었던 경험은 큰 행운이었다. 좀 더 솔직히 말하면 큰 충격이었다. 대구에서 나고 자라고 공부한 사람으로서, 대구의 예술에 대해 참으로 무지했다는 사실을 알게 된 것이다. 원로 예술인들을 통해 대구예술의 과거를 살펴보면서 대구는 참으로 문화예술의 토양이 탄탄하다는 것을 알 수 있었다.

지금도 많은 예술가들이 어려운 환경에서 활동하고 있지만 과거, 예술에 대한 인식조차 없었던 시절에 비할 수는 없을 것 같다. 이 책에 소개된 원로 예술인들은 개인적으로는 대부분 가족들의 이해와 후원 없이 혼자만의 힘으로 자신의 예술 분야를 개척했고, 시대적으로는 일제강점기와 한국전쟁이라는 민족적 혼란기를 고스란히 겪어낸 분들이다.

한 분 한 분 각각 책 한 권으로 엮어내도 부족한 분들인데 너무 짧고 간단하게 요약한 건 아닌지 걱정이 앞선다. 특히 예술 각 분야별 공부가 부족했던 탓에 예술사적인 관점에서 그분들의 의미를 제대로 짚어내지는 못한 것 같아 송구스럽다. 무엇보다도 미처 인터뷰를 남기지 못한 원로 예술인과 작고 예술인들이 더 많아 그분들에 대한 죄송스러운 마음이 크다. 처음 책을 엮어내는 필자의 능력 부족을 탓하시길 바란다. 그저 이 책이 대구의 문화예술의 토양을 일군 분들에 대한 기록 남기기 작업의 출발점으로 자리하고, 또 그런 작업의 소중함과 시급함을 일깨우는 작은 계기가 되길 바랄 뿐이다.

　그리고 부족한 사람이 첫 책을 내다 보니 준비과정에서 신세를 진 분들이 적지 않다. 지면에 일일이 이름을 올려 인사드리지 못한 점 양해 부탁드린다. 무엇보다 인터뷰에 흔쾌히 응해주시고 책자 수록을 위해 귀한 자료들을 내주신 원로 예술인들께 감사드린다.

　끝으로, 일하는 엄마를 둬서 함께하는 시간을 많이 갖지 못하는 아이들과 남편에게 미안함과 고마운 마음을 전하고, 딸이 사회생활을 잘할 수 있도록 손자들을 돌봐주시고 딸을 항상 믿어주시는 부모님께 사랑과 감사의 인사를 드린다.

2012년 9월

임언미

차례

대구, 찬란한 예술의 기억

사진 교육 시대를 열다

사진가 **강상규**

"사진가들은 자기만의 철학을 가지고 사진 한 장으로 상대방을 감동시켜야 한다. 독창적인 예술가가 되기 위해서는 향토 문화의 정서에 애정을 갖고 시대적인 사진미학으로 자신의 주체성을 확립하는 것이 중요하다. 현대 예술의 발전을 위해서는 세계적인 선진 예술의 수용이 불가피하지만 우리의 시각에서 선별적으로 수용해야 하고 그것을 다시 우리의 정서에 맞게 조형화해야 한다. 그것이 가장 한국적이고 세계적인 예술이 되리라 생각한다."

　눈으로도 손으로도 잡을 수 없는 빛, 계산할 수 없을 정도의 빠른 속도로 사라지는 그 빛의 순간이 아쉬워 인간은 사진을 만들어냈다. 인간이 빛을 가둔 종이, 빛으로 그린 그림, 바로 사진이다.

　대구를 설명하는 대표적인 수식어 가운데 하나가 '사진의 수도', '사진의 메카'이다. 1960, 70년대 대구 사진가들은 국내외에서 활발한 활동을 하며 사진 수도 대구를 알렸다. 전문적인 사진 교육기관도 생겼고 그룹 활동도 활발했다. 대학에서의 사진 교육도 일찌감치 시작되어 수많은 사진가들이 배출됐다. 그리고 대구는 사진비엔날레가 열리는 도시가 됐다. 그 오랜 역사의 중심에 사진가 강상규가 있었다.

　강상규(1936~)는 긴 세월, 빛을 다루는 매력에 빠져 살며 그 빛의 역사를 남겼다. 그는 1961년 사진을 시작해서 1964년 일본 후지국제사진콘테스트에서 수상하면서 사진가로 데뷔했다. 1971년에는 대한민국미술전람회(국전)에 사진을 출품해 최우수상을 받는 등 화려한 수상경력을 쌓았다. 1960년대 후반부터는 일반인들에게 사진을 강의하기 시작했고, 1976년에는 한국 사진의 역사를 체계적으로 정리한 『한국사진사』를 국내 최초로 펴냈다. 1981년 대구 최초로 사진학과가 생긴 대일실업전문대학(현

대구미래대학)에 초대 학과장으로 발령받아 2002년 정년퇴임 때까지 후학을 길러냈다.

사진에 매료되다

강상규는 경북 김천 출생이다. 3남 2녀 중 장남으로 태어난 그는 초등학교를 김천에서, 중·고등학교를 대구에서 다녔다. 그의 사진에 대한 첫 기억은 십대 시절 우연히 보게 된 인화 장면이었다. 이웃 마을 사진사가 유리에 인화지를 붙여서 잠깐 햇살에 비추고는 다시 약물에 넣어서 사진을 만들어내는 것을 구경한 것이다. "전기가 귀하던 시절이었기에 자연채광을 이용했던 것 같다. 그 광경이 너무나 신기했고 오랜 시간 기억에 남았다."

작품으로서의 사진을 처음 접한 것은 1960년 대구공회당(현 시민회관 자리)에서 열린 세계명작사진전을 관람하면서였다. 그곳에서 그는 당대 최고의 사진가이자 평론가 구왕삼의 강의도 들었다. 고등학교 시절 친구의 카메라로 사진을 찍어보기는 했지만 구왕삼의 강의를 들은 후 그는 사진을 제대로 배워야겠다고 생각하게 됐다. 그리고 구왕삼의 제자가 됐다.

구왕삼은 상당한 카리스마의 소유자였다. "사진 샘플을 자신 있게 들고 찾아갔는데 바로 그 자리에서 집어던지셨다. 제대로 선별해서 가야 제대로 보고 평가해주셨다." 그는 1961년 사진클럽 신사회(新寫會)에 가입했고 1962년에는 신사회 총무도 맡아 활발하게 활동했다. 당시 대구에서는 대구사우회, 대구사광회, 신사회 등 3개의 사진그룹이 활동하고 있었다.

사진가로 인정받기 위해서는 사진그룹 활동도 중요했지만 사진전에 출품하는 것이 제일 빠르고 명확한 길이었다. 국내에는 공모전이 없었기에 주로 국제사진전에 출품했다. 그는 1963년 US 카메라콘테스트에 동촌유원지 풍경을 찍은 사진 〈눈길의 아베크〉를 출품해서 6등으로 입상하는 성과를 거뒀다.

이어 1964년 일본 후지국제사진콘테스트에 화원유원지에 놀러 나온 부부의 모습을 찍은 〈즐거운 부부〉를 출품해서 동상을 받았다. 유일한 한국인 수상자였다. 공모전에 출품하면 전체 작품이 수록된 조그마한 도록을 구할 수 있었다. 텔레비전이나 영상매체가 없던 시절이었기에 그 조그만 리플릿을 봐야 다른 나라 사람들의 사진을 볼 수 있었다.

선진국 사진작가의 사진들을 봤을 때 그는 우선 인화지의 질에서 큰 차이를 느꼈다고 했다. 사진의 내용이 아무리 좋아도 형식(종이)에서 사진의 느낌이 크게 다르게 느껴졌기 때문이다. 그는 그때 경제력과 예술 활동의 규모가 맞먹는다는 사실을 깨달았다. 1960년대 대구는 전기 공급 상황이 좋지 않았다. 암실에 들어가서 작업을 하려면 노출을 계산해서 빛을 비춰야 하는데 전력 공급이 일정하지가 않았다. 그래서 고른 노출을 위해서는 당시 소등 시간이었던 자정을 넘겨 작업을 하곤 했다.

어려운 여건 속에서도 그는 1966년 제1회 동아국제사진살롱에 〈설목〉

강상규 〈영원을 향하여〉(1962)

강상규 〈설목〉(1966)

으로 동상을 받았다. 1971년에는 설악산의 풍경을 찍은 〈북악설경〉을 국
전에 출품해 대상을 받았다. 당시는 리얼리즘 사진의 전성시대였는데 그
는 독보적으로 회화적인 사진을 선보였다는 점에서 높이 평가받았다.
"이때부터 내 작품세계가 자연풍경을 조형적이고 서정적으로 다루는 성
향으로 자리 잡힌 것 같다."

한국 최초의 사진 역사서

"사진을 공부하면 할수록, 가르치면 가르칠수록 사진의 족보를 제대
로 알아야겠다는 생각이 들었다. 그래야 사진사 속 나의 위치를 알고 제
대로 된 사진을 찍을 수 있을 것 같았다." 우선 많은 자료를 보유하고 있
던 스승 구왕삼의 도움을 받았다. 그리고 전국을 다니면서 사진가를 만
나고 자료를 모았다. 대구USIS미문화원 이홍식 부원장도 도움도 많이 받
았다. 그가 필요로 하는 자료는 미국에서까지 구해다 주었다. 초기 자료
는 한국에 왔던 선교사들의 사진이 많았기 때문이다. 한국에 사진 촬영
이 처음 이루어진 것이 1871년, 신미양요 당시 선교사가 사진을 찍은 것
이었다. 그는 그 사진도 입수했다.

그는 수년간 모은 자료를 들고 동화사 뒤 작은 암자에 머물며 본격적
으로 집필을 했다. 『한국사진사』 초판을 발간한 것은 1976년이었다. 백
여 페이지를 할당해 화보 형식으로 사진들을 수록하고 뒤쪽에 이론을 실

었다. 이후 조금씩 보완해서 1978년 3판까지 제작했다. 이 책은 한국 최초의 사진역사서로 전국 대학 사진학과의 기본 교재로 오랜 세월 활용되었다.

『한국사진사』에 수록된 '대구사진사' 부분에는 주요 인물과 사진그룹의 활동이 체계적으로 정리되어 있다. 1950년대는 대구사단의 초창기로 일본에서 수입된 회화적이고 아름다운 살롱 사진이, 1960년대는 리얼리즘 사진이 주류를 이뤘다. 1970년대는 새로운 사진세대들에 의한 영상사진 운동의 시대로, 현대사진의 기반이 마련됐다. 리얼리즘과 살롱 등의 사진 형식에서 서서히 탈피해 영상사진이라는 표현양식이 나타난 시기다.

"1980년대 이후는 확고한 의식을 갖고 국내외에서 사진학을 전공한 사람들이 전문 사진가 그룹을 형성하며 전시를 통해 새로운 현대사진 운동을 전개했고, 특히 대구는 사진교육의 도시로 전환하게 되었다."

사진 교육 시대를 열다

강상규는 자신이 사진에 입문한 시기를 '사진의 비술(秘術)시대'로 명명했다. 전문적인 사진 교육기관이 없던 시절이었기에 도제식으로 사진을 배워야만 했다. 암실작업을 배우기 위해서는 기술을 가진 사람에게 몇 달을 잘 보여야 암실작업 과정을 한 번 구경할 수 있었다.

1976년 『한국사진사』 출판기념회. 오른쪽에서 네 번째가 강상규

강상규 〈북악설경〉(1971)

"당시 D76이라는 현상약이 있었는데 값이 비쌌어요. 그래서 대개 일곱 가지 약품을 사서 제조를 하곤 했는데 사진가 나름의 제조법이 있기 때문에 절대로 그 방법을 가르쳐주지 않았어요. 너무 답답해서 일본어를 공부해서 일어로 된 책을 찾아 읽었어요. 그런데 책에 그 비법이 다 나와 있더군요. 나는 이런 방법들을 공개적으로 교육해야겠다고 결심했어요. 사진의 비술시대를 개방시대로 열어가야겠다는 생각을 한 거죠."

1966년부터 그는 YMCA에서 일반인들을 대상으로 사진 강의를 시작했다. 전국 유명 사진가들을 초청해서 특강을 열기도 했다. 1967년에는 수강생들을 중심으로 'YMCA 광화회'라는 사진클럽도 결성됐다. 그는 자신이 너무 힘들게 배웠기 때문에 쉽게 가르칠 수 있는 방법을 고민했다. 그래서 뒤늦게 계명대 대학원에 들어가서 미술교육을 전공했다. 대학에 사진학과가 없던 시절이었다. 미대에 사진학 강의를 개설하면 이백 명이 넘는 학생들이 몰려들곤 했다. 그는 계명대, 대구대, 영남대 등에서 강의했다. 동아백화점 쇼핑점이 개관한 이후 생긴 문화센터에서도 처음으로 사진 강의를 시작했다.

그러던 1981년, 대일실업전문대에 사진학과가 생겼고 그가 초대 학과장으로 초빙되었다. 당시 전국에서 사진학과가 있던 대학은 중앙대, 신구전문대, 서울예전뿐이었다. 대일실업전문대 사진학과는 대구뿐만 아니라 지방에서 최초로 생긴 사진학과였다. 이후 1983년 계명실업전문대(현 계명문화대), 1988년 경북산업대(현 경일대)에 사진학과가 잇따라 개설되었다.

그는 사진학과를 만들었을 때 참고할 만한 수업 커리큘럼이 없어서 가장 힘들었다고 했다. 미국과 일본의 대학 커리큘럼을 받아 참고해서 하나하나 짜넣으며 강의를 해야 했다. 그는 1980년대를 대구가 사진교육의 도시로 자리 잡아가는 기간이었다고 회고했다.

지방 최초의 사진학과 교수로서 사진 교육계를 이끌어가야 한다는 책임감이 컸다. 1985년에는 사진학과 교수들을 중심으로 '사진문화연구소'를 만들었다. 사진문화연구소는 공동 테마를 두고 사진 작업을 했다. 대구·경북을 중심으로 동남아 등을 오가며 〈한옥〉, 〈대구의 강 신천과 금호강의 실태〉, 〈베트남의 상흔〉 등을 발표해 사회적인 반향을 일으켰다.

렌즈에 철학을 담아내다

그는 1970년대부터 종교 사진을 위주로 작업하기 시작했다. 1970년대 유신정권 시절 화가들은 빨간색도 마음대로 쓸 수 없었고 국선에서 당선되는 작품들도 새마을운동 관련한 것들이 대부분이었다. 그는 "이렇게까지 해야 할까?"라는 의문과 회의가 들었다고 한다. 새마을운동 자체가 문제가 아니라 그것을 다루는 것이 예술의 본질인 양 여겨지는 것이 마음에 들지 않았다. 그래서 그는 종교 사진으로 방향을 바꿨다.

처음에는 종교적인 대상을 찾았다. 절도 찾아가고 스님도 찍었다. 가톨릭 신부, 수녀 사진도 찍었다. 종교 사진으로 국전에 출품해서 특선까지 받았다. 그렇지만 종교 사진에는 한계가 있었다. 한동안 '죽음'에 몰입하기도 했다. 장지까지 따라가서 죽음 앞에 처한 남은 가족(인간)의 모습을 렌즈에 담기도 했다.

그리고 그는 사진의 주제를 '인간신앙'으로 바꿨다. 그가 이름 지은 '인간신앙'은 기독교, 가톨릭, 불교 등 모든 신앙을 포괄한 것이다. 이 시기 그의 사진들은 태양을 향해 손을 번쩍 들고 있는 인물을 찍은 것이 많다. "사람들은 위기에 처했을 때 하늘을 찾는다. 이것이 인간의 원초적인 모습이다."

결국 그의 렌즈가 다다른 곳은 '자연'이었다. 자연은 사랑으로 렌즈를 갖다 대면 마음을 열어주었다. 신의 신비를 느낄 수 있었다. 그래서 그는 본격적으로 태초의 자연 이미지를 촬영하기 위해 세계 곳곳을 찾아 떠났다. 그는 가장 기억에 남는 곳으로 태국의 치앙마이 지역을 꼽았다. 비행기, 트럭, 그리고 코끼리를 타고 오랜 시간이 걸린 후 높은 산중의 마을에 다다랐다. 아이들은 아침저녁으로 그를 구경하기 위해 몰려들었다. 말이 통하지 않아도 눈빛과 손짓, 발짓으로 대화하며 아이들과, 사람들과 의사소통을 했다. 맑은 공기와 손을 뻗으면 닿을 듯한 밤하늘의 별은 언제나 그를 기다려주는 친구였다. 그는 이곳이 바로 '에덴동산'이라는 생각을 했다고 한다.

한국으로 돌아왔다가 다시 길을 떠났다. 세계 곳곳을 다니며 그는 태초의 우주 생성을 연상시키는 원초적 자연의 세계를 촬영했다. 그렇게 해서 1996년 '천지창조'라는 제목의 사진집을 발간하고 동아쇼핑 전시관에서 전시회를 열었다. '천지창조'는 창세기, 태초의 환, 우주의 생성, 사계절, 에덴동산 그 후, 지구촌 안식의 날 등으로 나누어 스토리가 흐르는 편집으로 전시를 구성했다. 그 이면에는 어린 시절부터 그와 함께 한 기독교 신앙이 있었다.

그 뒤 그의 사진은 보다 더 추상적인 방향으로 변해갔다. 자연의 소리, 천상의 소리를 추상적인 영상언어로 만든 것들이다. 이 사진들은 2001년 그의 사진인생 40년을 엮은 작품집 『유형 그리고 무형』에 수록되어 있다. 사진집 발표와 함께 대구문화예술회관에서 전시회도 열었다.

사진평론가 홍순태는 그의 후기 작업들을 "굳이 형과 의미를 추출해 낼 의미조차 없다. 그의 가슴 깊숙이 잠재한 세계이기 때문이다. 무아의 경지이며 그것은 욕심을 버리고 공수래공수거를 의미하는 해탈일지도 모른다"라고 논했다.

그는 자신의 청춘이 담긴 옛 사진들을 들여다볼 때면 요즘 작가들은 환경이 너무 좋아서 작품이 잘 나오지 않는 것 같다고 지적했다. 목표를 향해 어렵게 가는 과정에서 더 좋은 작품이 나올 수 있는데 너무 빠르게 목적지에 다다를 수 있다는 것이다. 그러기에 작가들의 철학적 고민이 절실히 필요하다고 했다.

강상규는 독창적인 예술가가 되기 위해서는 향토 문화의 정서에 애정을 갖고 시대적인 사진미학으로 자신의 주체성을 확립해야 한다고 강조하곤 했다. "세계적인 선진 예술을 수용하되 우리의 시각에서 선별적으로 수용하고 그것을 다시 우리의 정서에 맞게 조형화해야 한다. 그것이

가장 한국적이고 세계적인 예술이 되리라 생각한다."

그는 대구미래대학을 정년퇴임한 이듬해인 지난 2002년 가창댐 옆 마을에 동제미술전시관을 개관했다. 그 옆에 자택도 마련하고 사진영상연구원도 열었다. 연구원 1층에는 작은 카페도 있다. 카페에는 그의 사진들을 전시해 두었다. 가창에 살게 된 이후 그는 가창의 사계(四季)를 렌즈에 담았다. 이곳에 자리 잡은 지 꼭 10년이 된 2012년 여름에는 '천혜의 낙원 ― 가창댐 계곡의 바람길'이라는 제목으로 사진전을 열었다.

일평생 렌즈로 '에덴동산'을 담아온 그는 이제 그만의 '에덴동산'에서 살고 있다. 물 좋고 바람 좋은 가창은 오랜 세월 태초의 자연 풍경을 찾아 세계 곳곳을 떠돌아다닌 그의 발길을 잡은 '에덴동산'인 것이다.

● ● ●

강상규 선생은 가창에 자리 잡은 이후 좀처럼 도심으로 잘 나가지 않게 된다고 했다. 이곳은 도심에서 가깝고 경치가 좋아 연중 사람들이 끊이질 않고 찾아오기 때문에 별도로 나갈 필요성을 못 느낀 탓이다.

동제미술전시관 개관 직후에는 자주 그곳을 찾아 선생을 만났었는데 한동안 가창으로의 발걸음이 뜸했던 것 같다. 그저 그가 조용하고 편안하게 노후를 즐기고 있을 것이라 생각했다. 그러다 지난 2010년 그가 큰 수술을 했다는 소식을 들었다. 뇌경색 진단을 받고 수술을 한 것이다. 그는 "다행히 일찍 발견되어서 빠른 시간에 건강을 회복할 수 있었다"며 "일찍 발견한 것이 남은 삶을 더 조심해서 살라는 계시인 것 같다"고 했다. 최근 그의 작품 이미지를 받기 위해 동제미술전시관을 오랜만에 찾았다. 그는 평소보다 10킬로그램 가까이 체중이 줄어 한결 야윈 모습이었다.

그는 이제 조용히 자신의 작품인생을 다시 들춰보며 하나하나 정리하고 있다고 했다. 2012년 여름에는 1996년 발표한 자신의 대표작 〈천지창조〉 시리즈에 캡션을 달고 하이든의 음악 〈천지창조〉를 배경으로 넣은 영상을 제작했다. 그의 신앙인 기독교적인 메시지가 강하게 드러나는 이 영상은 그가 일평생 갈구했던 인간과 자연, 그리고 실존이라는 의문에 대한 답안지가 아닐까 하는 생각이 들었다.

권명화

무형문화재 살풀이춤 예능보유자

"춤을 출 때 마음의 무게는 새털처럼 가볍게, 몸은 천 근이 되어라. 요즘 사람들은 마음이 얼마나 바쁜지 몰라요. 우리가 춤을 배울 땐 손끝 하나 올리는데도 몇 달씩 걸렸는데 지금은 너무 빨리 배우고 너무 빨리 익히려는 습성들이 있어요. 춤의 맛을 제대로 알기 위해선 느긋함이 필요합니다. 사람이 사는 것도 마찬가지입니다. 바쁘게 서두르게 되면 실수가 있게 마련이고 그런 자세는 꿈을 이루는 데 아무런 도움이 되지 않지요. 무엇이든 천천히, 그러나 확실하게 해내야 해요."

　깜깜한 무대 위, 하얀 한복을 입은 여인이 한 줄기 조명 아래에서 춤을 춘다. 사뿐사뿐 몸을 움직이며 흰 명주 수건을 들고 검은 무대에 수많은 선을 그려내면, 관객들도 그 선을 따라 시선을 움직이며 호흡을 멈췄다 내뿜기를 반복한다. 무용인 권명화(1934~)의 살풀이춤은 국내 최고급으로 평가받는다.

　대구 동구 신암동 신암육교 옆에 위치한 한 민속무용연구원. 문을 열고 들어서면 단정하게 빗어 올려 쪽진 머리에 곱게 화장을 한 한 여인을 만날 수 있다. 널찍한 홀 안을 바삐 오가며 학생들을 가르치고 있는 그는 다름 아닌 무용인 권명화이다. 박지홍류 살풀이춤을 이어가고 있는 대구시 무형문화재 제9호 살풀이춤 예능보유자이기도 하다. 그는 1995년 5월 살풀이춤 예능보유자로 지정되었다. 그는 여든을 바라보는 최근까지도 제자들을 지도하고 간간이 전통춤 무대에 올라 '승무'와 '살풀이'를 선보이곤 했다.

　대부분 무형문화재 예능보유자들은 지정된 부문만을 중심으로 활동해온 데 비해 권명화의 활동 영역은 전통무용 전 분야에 걸쳐 있었다. 살풀이춤 외에도 검무, 승무, 바라춤, 소고춤, 부채춤 등의 민속무용을 전승

해왔을 뿐 아니라, 지역에서 열리는 각종 민속예술제의 안무를 도맡아 했다.

춤을 만나다

권명화는 1934년 김천 직지사 아랫동네에서 태어났다. 원래 칠남매인데 다섯은 어릴 때 죽고 두 자매만 남았다. 자매는 노래하고 춤추는 소질이 뛰어났다. 권명화의 언니는 노래에 재능이 있었고 권명화는 춤추기를 즐겼다.

권명화가 정식으로 무용과 인연을 맺게 된 것은 한국전쟁 직후였다. 대구로 피난해서 남산동에 정착했는데 바로 앞집에 살풀이춤의 명인 박지홍이 운영하던 경북국악원이 있었다. 박지홍은 교동에서 대동권번을 운영하다가 불이 나자 남산동으로 자리를 옮겨 경북국악원을 차렸다.

어린 시절 그는 담 너머 창을 통해 춤추는 것을 구경하며 동경했다. 하지만 이름이 국악원이라고는 하나 전신이 권번이었던 곳이다. 권번이라면 일제강점기부터 기생들을 양성하던 조합이다. 당시 대구에는 대동권번과 달성권번이 있었다. 그러니 딸 가진 부모라면 이곳에서 춤 배우는 것을 허락할 리가 없었다. 그의 부모도 크게 반대했다.

하지만 그저 춤추고 싶은 열네 살 소녀의 꿈을 꺾을 수 있는 것은 없었다. 그는 어렵사리 첫 수업료를 마련해 국악원에 들어갔다. 스승 박지홍

권명화 검무

은 권명화의 재능이 뛰어나다는 것을 단번에 알아봤다. 즉시 수업료를 면제해주고 그를 수양딸로 삼아 춤을 가르쳤다.

"처음엔 아버지한테 많이 두들겨 맞기도 했지. 기생 되려고 그러냐고 말이야. 근데 난 끼를 타고 났는데 어떡해? 아버지 돌아가시고 난 뒤에는 내가 하고 싶은 대로 춤출 수 있어서 좋았어." 그는 스승을 '아부지'라 부르며 살풀이춤·입춤·승무·검무·덧뵈기춤 등을 배웠다. 또 전통춤에 자신만의 분위기를 가미한 '달구벌 소고춤' 등을 개발했다. 그 즈음 그는 교동 대구극장에서 열린 전국무용콩쿠르에서 승무로 최우수상을 받았다. 그제야 집안에서도 인정을 받았다.

권명화는 두 번 결혼했다. 20세에 결혼한 첫 남편은 한의사 신영철, 그와 두 아들을 두었다. 결혼을 하고 아이를 낳게 되면서 춤을 한동안 쉬었다. 한의원을 하던 남편을 따라 상주에서 살던 그는 남편이 세상을 떠나면서 다시 대구로 돌아와 춤을 시작했다.

남편이 작고하고 5년 뒤 그는 재혼했다. 사업가를 만나 딸 조은희를 낳았다. 그는 첫 남편과 사별한 직후인 1963년, 종로 진골목에 '경북무용학원'을 개원했다. 이곳은 대구의 무용인들이 모이는 사랑방 역할을 했다. 어른, 아이 할 것 없이 다양한 연령대의 수강생들로 항상 북적거렸다. KG홀(현 대구시민회관 자리)을 빌려 공연을 하면 공연마다 만석을 기록했다. 1970년대 중반에는 서울 종로에 자리 잡아 약 3년간 활동했다. 큰 무대를 찾아보라는 주변 국악인들의 권유 때문이었다. 그 시기 동안 그는 안비취 등 국악계 대가들과 교류하며 무대에 여러 차례 올랐다. 그러다 다시 대구로 내려와 1976년경 신암동에 정착했다. ‘권명화고전무용학원’이라는 타이틀도 이곳에서부터 쓰기 시작했다. 학원은 날로 번창했다. 동시에 그는 전국을 오가며 각종 국악제, 무용제 등에 출전하며 활약하기 시작했다.

대구만의 민속축제가 필요

1970년대는 정부가 정책적으로 민속예술을 진흥시키고 그 중요성을 부각하던 시기였다. 문화예술계에서도 ‘전통의 현대화’가 주된 화두로 자리 잡았다. 권명화는 전국에서 열리는 각종 민속예술제에 출연하기 시작했다. 기본기가 탄탄했기에 큰 무대에서 단연 돋보이는 장면을 연출하곤 했다. 그 결과 굵직한 상들을 잇달아 받았다.

1976년 제15회 신라문화제 전국국악예술경연대회에서 단체종합 특상, 1976년 제1회 국제친선 한미중 자선예술제에서 공로상과 작품지도상, 1980년 제1회 전국무용경연대회 공로상을 받았다. 1986년 아시안게임, 1988년 올림픽 등에도 참여했다. 1991년에는 경산 자인에서 전승되던 한장군놀이를 예술적으로 재정비해서 경산시장으로부터 공로상을 수상하기도 했다. 이후 1991년 금복문화예술상, 1993년 한국예총대구광역시지회 대구예술대상을 받았다.

1991년 대구건들바위치성굿을 복원해서 영남대 문화인류학과 김택규 교수의 고증을 받았다. 건들바위치성굿은 영남지역에서 전해오는 치성굿

권명화 승무

중 무속춤만을 집약한 것이다. 건들바위치성굿으로 그는 1991년 제32회 전국민속예술경연대회에 출전하여 개인상을 받았다. 치성굿 공연은 서울, 일본 등지에서의 초청도 줄지어 이어졌다. 어느 것 하나 허투루 준비하는 게 없는 성격 덕에 매 공연 완벽한 무대를 만들어냈다는 평을 받았다.

그는 전승무용 보존뿐만 아니라 각종 민속축제의 무용 안무를 도맡았다. 경산 자인한장군놀이를 십여 년, 팔공민속예술제, 달구벌축제, 서울 남산제 등의 안무를 맡았다. 그가 재정비한 경산 한장군놀이는 2007년부터 경산자인단오제라는 큰 축제로 발전했다.

각 지방을 다니며 민속축제를 진행해본 그는 항상 대구를 돌아보며 안타까워했다. 지방마다 민속 문화의 특색들을 살려내는 행사가 있는데 대구는 대구만의 민속 색을 살린 행사가 없기 때문이다. "지역의 민속적 특징을 아우를 수 있는 민속축제가 꼭 하나쯤은 있어야 된다고 봐. 자연발생적으로 존재했던 민속적 특징을 발굴하면 그게 진짜 대구의 모습인 거야. 그 행사를 통해 일 년에 한 번씩 대구시민을 위한 기원제도 지내고 그러면 오죽 좋아?" 그는 건들바위, 달성공원, 대덕산 용두머리, 팔공산 갓바위 등을 영검이 서린 장소로 꼽았다. 그곳에서 대구시민을 위한 민속축제를 만들어내는 게 그의 소망이었다. 그는 남의 축제가 아닌 내 축제, 우리 고장의 축제 무대에 꼭 서보고 싶다고 이야기하곤 했다.

시대에 맞는 춤

"에구 답답해. 그카면 안 되지. 이렇게 해봐. 이래야 지대로 되지. 허이, 돌려, 뛰고! 발뒤꿈치는 땅에 붙여야지. 자, 다시, 라! 리라, 라라라~라~ 라……." 장구 장단에 맞춘 구음으로 지도를 하던 그는 제자의 동작이 마음이 들지 않자, 바로 장구채를 놓고 직접 일어서서 시범을 보인다. "확실하게 하란 말이야. 알겠어?"

"알겠어?"라는 말은 권명화가 제자들을 가르칠 때 입버릇처럼 즐겨 써 온 단어다. 일평생 그는 천천히 걸어다니는 법이 없었다. 자그만 체구를 바삐 움직이며 종종 뛰어다녔다. 항상 해야 할 일이 많다는 생각에 마음이 바빠 몸을 한가하게 움직일 여유가 없었던 게다.

권명화 살풀이춤

일반적으로 전승 춤을 떠올리면 예부터 이어오던 동작을 그대로 재현하는 것을 생각한다. 그러나 권명화는 그 재현에만 만족하지 않았다. 축제의 성격과 시대에 맞게 재창조해서 안무를 이끌어냈다.

"옛 것 가운데 계승해야 할 것은 그대로 재현해야 해. 그렇지만 안무는 행사의 성격에 따라 달라야 해. 큰 장소에서는 큰 동작을 하고 작은 장소에서는 작은 동작을 해야지. 잘 안 되면 백 번, 천 번이라도 맞춰서 제대로 해야지. 그래야 제대로 된 '멋'이 나와." 그는 관객과 마음이 일치돼야 저절로 '얼쑤' 하는 흥이 우러나온다고 강조하곤 했다. 예술을 하는 사람 자신이 그 뜻과 멋을 알아야 제대로 된다는 말과 같은 것이다.

그의 살풀이를 이해하기 위해서는 두툼하게 무게가 느껴지는 손동작 아래에 배어나는 슬픔과 한, 구슬피 들려오는 구음(口音) 속에 흐르는 정서를 느끼는 것이 중요하다. 치마저고리 차림에 석 자(약 90cm)짜리 흰 명주 수건을 들고 무수한 선을 그려 원초적인 살을 푸는 몸동작은 슬픔과 한을 정과 환희의 세계로 승화시킨다. 춤의 후반부에 명주 수건으로 고를 맺었다가 다시 풀어주는 장면은 한을 풀어주는 동작의 극치를 이룬다.

살풀이춤의 멋은 애절한 구음에 있다. 권명화는 "구음이 없으면 제대로 된 춤가락이 나오지 않는다"고 이야기하곤 했다. 구음에는 대금이나 아쟁 가락과는 차원이 다른 깊이가 있다. 악기가 내는 인공적인 선율로는 한(恨)의 정서를 표현하지 못한다는 그의 말이 그럴듯했다. 정신의 힘을 모아 온몸으로 한을 풀어내는 구음과 악기의 선율을 어찌 비교할 수 있으랴. 제자들이 살풀이춤을 출 때면 그가 직접 나서서 구음을 해주곤 했다.

'멋'이 있는 무대

춤과 함께한 평생을 돌아봤을 때 권명화에게 가장 기억에 남는 것이 무엇일까. 그는 망설임 없이 자식처럼 길러낸 제자들이 가장 큰 재산이라고 대답했다. "무엇보다 제자들이 제일 소중해. 내가 키운 제자들이 지금 교단에서 활발하게 활동하고 있다는 게 제일 기쁘고 보람 있어."

많은 사람들이 그의 문하를 거쳐 갔다. 그 가운데 계명대 장유경 교수를 비롯해 윤경숙(구남정보고등학교 교사), 변성희 그리고 딸 조은희(대구시립국악단 단원) 등은 아주 어린 시절부터 그에게 무용을 배웠다. '정통으로' 가르쳤다는 그의 말처럼 '정통으로' 그의 춤을 잇고 있는 사람들이다. 여러 제자들의 안부 전화 및 각종 공연 요청 전화가 하루에도 십여 통이 넘는다. 그 때문에 그는 휴대폰을 늘 곁에 두고 있다.

"걔들이 나한테 맞기도 많이 맞았어. 스무 명, 서른 명 춤추다가 한 사람만 못해도 다 때리거든. 그런 것들이 효과 있었어. 그렇게 배운 그 사람들도 제자들을 나처럼 가르치더라구. 야무지게 잘 가르쳤지?" 그가 제자 이야기를 할 때는 자식 자랑하는 어미의 마음처럼 항상 들떠 있었다.

"〈사랑은 아무나 하나〉라는 노래도 있잖아. 가르치는 것도 아무나 하는 게 아니야. 처음 한두 달은 잘하든 못하든 가만히 놔둬. 한바퀴 다 가르치고 난 다음, 다시 두 가락씩 시작하고 또다시 한 바퀴 더 돌지. 그러고 난 뒤에 안 되면 지적하고 야단쳐." 권명화는 그간의 성과가 컸기에 반복해서 가르치고 지적하는 자신의 교육법에 항상 확신이 있었다.

권명화 입춤

"뭐든 많이 해야 지대로 멋이 나와. 모든 예술에 '멋'이 있어야 해. 구경하는 사람이 마음에서 우러나서 울거나 웃거나 해야 해. 나는 분위기를 많이 타거든, 살풀이를 할 때 특히 분위기를 많이 타. 잘 되건 안 되건 모두 그날의 분위기에 따라 달라. 그렇지만 가짜로는 안 해."

권명화는 2008년 학원에서 조금 떨어진 곳에 무형문화재 살풀이춤 전수관을 열었다. 딸 조은희는 살풀이춤 전수 조교이며 대구시립국악단 거문고 단원으로 활동하고 있다.

• • •

춤 신(神)을 받은 것일까. 팔십 평생 권명화는 수많은 삶의 고를 풀어왔다. 오로지 춤길이라는 한 길을 걷기 위해서였다. 몸을 휘감아 떨어지는 살풀이 수건의 고보다 그의 인생을 휘감은 삶의 고가 더 풀기 어려웠으리라.

권명화는 어느 누구를 만나 이야기를 하더라도 허리를 꼿꼿하게 세우고 앉아 쩌렁쩌렁한 목소리로 연신 말을 이었다. 당찬 기운과 성격을 짐작할 수 있는 면모다. 그는 매일 새벽 5시에 일어나 청소와 빨래를 하고 학원에 나와서 직접 청소를 했다. 부지런하게 몸을 움직이는 것이 건강의 비결이다. 의상도 직접 손빨래해서 넣어 놔야 직성이 풀렸다. 악기도 하나하나 직접 관리했다.

　"요즘 무용하는 사람들 보면 장구나 굿거리를 못하는 사람이 너무 많아. 장단을 아는 게 중요한데 말이야. 녹음기 틀어놓고 막대기 하나 들고 하나, 둘 하는데 그래가지고 뭘 제대로 하겠어? 이왕 할 거면 제대로 해야 해." 그는 항상 전승할 것은 제대로 전승하면서 창작을 해야 한다고 강조하곤 했다.

　대부분의 한국 전통춤의 근원이 무속에서 나온 것이니만큼, 전통춤을 이해하기 위해서는 무속춤을 올바르게 아는 것이 중요하다. "우리 검무는 박력이 있어. 칼을 들 때는 살기가 필요해. 그래야 모든 액을 물리칠 수 있지. 강신무에서 부채춤이 나왔잖아. 요즘 부채도 바르게 못 드는 사람이 많아." 오른손에는 열두 대산이 내려오는 것을 의미하는 부채, 왼손에는 공수(신의 말)를 전해주는 방울을 드는 것이 올바르다. 그런데 그 순서를 바꿔 하는 사람이 드물지 않다. '제대로' 배우지 못한 것이다.

　그는 무용을 하든, 어떤 예술을 하든 바른 몸가짐과 정신 상태가 중요하다고 강조하곤 했다. 그는 무대에 오르지 않는 평소에도 곱게 화장을 하고 머리를 단정하게 손질했다. 무용은 화려한데 사람이 우중충하게 있으면 안 된다는 지론을 일평생 실천했다. 근래에는 일 년에 한두 차례밖에 그의 춤을 볼 수 없어 안타까운 마음이 적지 않지만 흐르는 세월을 어찌할 수 있으랴. 그래도 권명화의 '춤 신'을 고스란히 이어받은 딸 조은희를 비롯한 여러 제자들이 있어 안타까움이 덜하다.

대구 현대무용의 중심에 그가 있다

김기전

현대무용가

"춤이 어디로 가고 있는 것인가가 항상 저의 화두였어요. 무용가들은 시대성을 가진 작업을 해야 해요. 춤의 주제를 어렵고 보이지 않는 곳에서만 찾으려고 하면 안 돼. 생각은 비록 고통스러울지라도 작품은 쉽게 만들어야 해요. 그래야 관객과 진정으로 소통할 수 있어요."

원로 무용가 김기전(1935~)은 지역 예술계에서 최고령 스마트폰 사용자다. 적어도 대구 예술인 가운데서는 그렇다. 애플리케이션도 다양하게 설치해 놓았고 SNS, 스마트폰을 사용한 영상 제작에도 관심이 있다. 후배나 제자 무용인들과 연락할 때도 전화보다는 문자를 이용할 때가 많다. 컴퓨터도 남들보다 일찍 익혔다. 새로운 것은 빨리 배워야 하고 길을 가다가 새로운 곳이 눈에 띄면 반드시 들렀다 간다. 일평생 새로운 것을 개척하며 살아온 습관 때문이다. 여러 모로 그에게는 '얼리어답터(early adopter)'라는 말이 잘 어울린다.

그는 전국에서 주역으로 활동하는 수많은 무용가들을 길러냈다. 국내 최초의 공립 현대무용단인 대구시립무용단을 창단하고 초대 안무자를 지냈다. 일흔을 훌쩍 넘긴 최근까지도 소극장을 운영하며 다양한 무용 공연을 기획, 유치하며 왕성하게 활동하고 있다. 젊었을 때나 지금이나 신문물을 발견하면 반드시 작품에 응용한다. 일평생 얼리어답터로서의 감각을 잃지 않고 살아왔다.

그는 문화행사의 현장을 많이 찾곤 했다. 무용 공연이 열리는 곳이면 언제나 무용인생의 냉철한 조언자이자 삶의 동반자인 남편 정막과 함께 객석에 나란히 앉아 공연을 지켜봤다. 무용 공연은 물론이고 클래식 연주회장을 비롯해 전시장도 종종 찾았다.

수십 년의 세월 예술 현장을 지켜온 김기전, 그는 향토 무용, 향토 예술의 산증인이다. 그의 연구실에 쌓여 있는 여러 권의 사진 앨범과 스크랩북을 살펴보면 그의 삶과 예술, 나아가 한국 무용의 역사를 파노라마처럼 돌아볼 수 있다.

한국전쟁 때 월남

김기전은 1935년 일본 도쿄에서 태어났다. 아버지는 도쿄대학 유학생이었고 어머니는 유학생들 밥을 해주며 아버지 학비와 생활비를 벌었다. 그는 세 딸 중 둘째였다. 그가 기억하는 어머니의 모습은 공부하는 아버지를 대신해 수많은 유학생들을 뒷바라지하며 돈을 벌던 강한 여성의 모습이다. 그는 자신이 아버지의 예술적 재능과 어머니의 활동적인 성격을 물려받은 것 같다고 이야기했다. 그가 여섯 살이 되던 1940년, 가족들은 고향인 함경남도 이원으로 돌아왔고 그곳에서 고등학교까지 마쳤다.

한국전쟁이 발발한 1950년, 가족 모두가 부산으로 피난을 왔다. 전쟁 중이라 정식으로 학교 교육을 받기는 어려웠다. 그는 경남여고와 부산대에서 청강생으로 공부하고 경기여대를 수료했다. 그는 어린 시절부터 무용에 재능을 보여 발표회 무대에 자주 섰다. 당시 최고의 무용가였던 최승희 같다는 칭찬도 자주 들었다. 그러다 보니 자연스레 무용에 대한 동경이 생겼다. 피난 시절 부산에서도 무용을 배우고 싶어 당시 부산에 있던 이인범발레연구소를 찾아갔다.

"옛날에 무용은 고전무용과 발레 두 가지뿐이었어요. 고전무용은 새롭지 않다는 생각에서 발레를 배우고 싶었어요. 배워보니 딱 내 적성에 맞더라구요."

1952년에는 임천수(국극명인 임춘앵의 남동생)의 국보오페라단에 입단했다. 그곳에서 3년가량 단원으로 활동했다. 국보오페라단에서 〈로미오와 줄리엣〉을 공연하면 그는 로미오, 배우 이비나는 줄리엣 역으로 단골 출연했다.

1954년부터는 부산 화교중학교에서 무용을 가르쳤다. 무용을 하면 할수록, 특히 가르치면 가르칠수록 이론적인 뒷받침이 필요하다는 생각을 하게 됐다. 1954년 가을, 서울대학교를 갓 졸업한 정막을 소개받았다.

"정 선생은 예술이론 부분에 박식했어요. 많은 부분 도움을 받기 시작했죠. 1955년경 대구KG홀 건너편에 있던 군예대에서 정막 선생이 강의를 하고 있었어요. 정 선생의 권유로 조교를 맡아 대구에 오게 됐죠. 당시 군예대에서 허장강, 박노식은 연예 쪽, 정막 선생과 나는 예술 쪽에서 강의를 했어요."

군예대는 한국전쟁 중 군대 내 편성된 조직으로 주로 악기나 노래, 연기에 재능 있는 군인들을 모아 전국을 오가며 공연을 하곤 했다. 허장강, 박노식을 비롯해 구봉서, 이주일 등 초기 한국 연예계 활동을 한 사람들

가운데 군예대 출신이 많다.

정막은 김기전의 무용적 재능을 사랑하고 김기전은 정막의 박식한 예술이론을 동경했다. 그들은 부산과 대구를 오가며 교제를 하다가 1956년 결혼을 하면서 대구에 정착했다. 결혼 당시 정막은 대구공고에서 교편을 잡고 있었다. 김기전은 결혼 후에도 부산 화교중학교를 오가며 강의를 계속했고 정막은 결혼과 동시에 부산대에 출강했다.

그러던 중 평소 부부와 친분이 있었던 원화여고 교장이 무용연구소를 열 것을 권했다. 그래서 1957년 원화여고 건너편에 '정막무용연구소'를 열었다. 김기전과 정막 부부가 처음으로 연 무용연구소였다. 당시 대구에 무용학원은 이곳과 김상규가 운영하던 곳뿐이었다.

대구바레아카데미

1961년 1월 정막무용연구소를 중구 동인동 국도여관 옆 건물로 옮겼다. 옮기면서 '무용학원 대구바레아카데미'로 이름을 바꿨다. 무용을 가르치던 곳이 대부분 연구소라는 이름을 쓰던 상황에서 처음으로 '학원'이라는 용어를 수식어로 쓴 것이다. '바레'라고 한 이유는 당시에는 발레라고 해야 무용으로 받아들이는 사회분위기 때문이었다. 한국무용은 고전무용이라 했고 창작무용은 발레라는 이름으로 통칭됐다. 춤바람이라는 말 때문에 춤이라는 단어에 대한 인식이 좋지 않았던 것도 발레라고 이름 붙인 이유 중 하나다. 그의 발레아카데미를 거쳐 간 제자들은 김복희, 구본숙, 박인숙, 손윤숙, 류분순, 김준희 등이다. 부부가 모두 학교에서 교편을 잡았기 때문에 학원에는 수강생들이 많았다. 한창 때는 수강생이 150여 명이 넘어 하루 5회씩 수업을 해야 했다. 대구바레아카데미는 당시 유일한 콩쿠르였던 이화여대 콩쿠르에 제자들을 내보내 수상하는 등 활발한 활동을 했다.

김기전은 1962년 11월 수강생들과 함께 KG홀에서 첫 발표회를 연 이후 거의 매년 빠지지 않고 발표회를 열었다. 1962년 4월 경주에서 열린 제1회 신라문화제와 1963년 5월 제2회 신라문화제에도 참가했다. 수강생들이 많았기에 무용학원 학부모들과의 인맥이 넓었다. 그는 학부모들과의 사교모임도 주도하곤 했다. 학원생들의 정기발표회를 위한 대관료도 학부모 모임을 통하면 금세 마련할 수 있었다. 발표회장으로는 키네마극

1962년 제1회 신라문화제 참가 공연 후. 왼쪽부터 당시 경북도지사 박경원, 김기전, 화가 주경, 연구소 조교 정성자

영남피아노사 건물 3, 4층에 있던 대구바레아카데미와 1968년 삼덕동에 지은 자택을 겸한 연구소

장을 주로 이용했다. 학생들이 많아 KG홀에서 하면 4일로 나눠 공연해야 할 것을 키네마극장에서 하면 하루에 가능했기 때문이다.

1966년 1월에는 대구바레아카데미를 중구 남일동 영남피아노사 건물로 옮겼다. 영남피아노사 건물이 당시 중구에서 처음 생긴 4층 건물이었다. 그렇지만 해가 갈수록 월세가 올라가자 김기전, 정막 부부는 건물을 직접 짓자고 결심했다. 부부는 중구 삼덕동에 자택을 겸한 학원 건물을 지었고 1968년 6월경 대구바레아카데미를 이곳으로 옮겼다.

김기전의 대구바레아카데미 활동 가운데 가장 기록에 남을 만한 일 중

하나는 국내외 유명 무용인들과 활발하게 교류한 것이다. 대구여중 강당, 그리고 건물을 지은 후에는 대구바레아카데미에서 '무용가 초청 세미나'를 많이 열었다.

"많은 사람들이 무용은 몸으로만 하는 것이라고 생각해요. 하지만 우리는 그것보다 지식을 습득하는 것이 중요하다고 생각했어요. 전국에서 '대구'라고 하면 '바레아카데미'를 바로 떠올릴 만큼 활발한 교류 활동을 했어요."

대구바레아카데미의 활동은 전국적으로 유명했다. 1970년에는 국내 최초 문화공보부 창작지원작 공모에서 작품 〈산하억만년(山河億萬年)〉이 뽑혀서 서울과 대구 KG홀에서 각각 공연하기도 했다.

대구바레아카데미의 두 번째 큰 공으로는 텔레비전 프로그램을 통한 무용의 대중화를 꼽을 수 있다. 그와 생각을 같이하는 방송 제작자와 협의해 1972년 5월 〈목요발레〉라는 방송프로그램(MBC)을 개설했다. 그리고 1973년 3월까지 약 일 년 동안 33회에 걸쳐 무용발표를 했다.

그는 〈목요발레〉 프로그램을 기획한 이유를 "공연장을 찾는 사람보다 더 많은 대중들에게 무용을 알리고 싶었기 때문"이라고 했다. 사람들이 마음을 먹고 공연 시간에 맞춰서 공연장을 찾는 것이 쉬운 일이 아니라는 사실을 알기 때문이기도 하다.

그는 〈목요발레〉 프로그램을 통해 무용을 중심으로 다양한 시도들을 마음껏 해볼 수 있었다. 발레 무대세트로 지역 조각가의 작품을 협찬받아 설치했다. 방송 배경음악을 위해 지역 작곡가의 도움을 받기도 했다. 무용과 미술, 음악 등 '타 장르와의 융합'을 최초로 시도한 셈이다. 〈목요발레〉는 대구 무용인구의 양적 팽창과 대중화에 큰 힘이 된 일로 기록된다.

1970년대 대구바레아카데미는 지역 문화계 사랑방 역할을 톡톡히 했다. 그의 삼덕동 연구소는 많은 예술인들의 사랑방 역할을 했다. 김기전은 정점식 화백, 조각가 홍성문, 작곡가 우종억 등 여러 예술인들과 친분이 깊었다. 대구에서 작품 〈춘풍의 처〉를 장기공연한 연극인 오태석은 공연 기간 동안 단원들과 함께 그의 집을 찾아 식사를 하곤 했다.

"폭풍 같은 세월이었어요. 아들 셋을 낳아 키우면서도 힘든 줄 모르고 활동했으니까. 지금같이 큰 이념을 가졌던 것도 아니고 그저 예술을 하고 있다는 사실만으로도 행복했어요. 하루 종일 수업하고 뛰어다녀도 체력이 거뜬했고 그냥 좋았죠."

대구시립무용단 창단

'전국 최고(最古)의 국공립 현대무용단', 이것은 대구시립무용단이 내세울 수 있는 자랑거리다. 2010년 국립현대무용단이 생겼으니 대구시립무용단은 국내 국공립 현대무용단 가운데 가장 긴 역사를 자랑한다.

1981년 대구시립무용단이 창단된 것은 향토 현대무용계의 큰 수확이다. 대구를 제외한 지역의 국공립 무용단이 대부분 한국무용단체인 것에 비해 대구시립무용단이 현대무용전문단체로 창단되었다. 이는 국내 현

삼덕동 연구소에서 세미나를 마치고 찍은 기념사진. 가운데 한복 입은 여인이 무용가 정소산 선생

대무용계에서 상당히 고무적인 일로 기록되고 있다. 대학을 졸업한 현대무용 전공자들이 안정된 대우를 받으며 프로 무대에 데뷔할 수 있는 장이 마련된 것이다.

김기전은 1977년경부터 시립무용단을 만들기 위한 노력을 기울이기 시작했다. 일 년만 준비하면 될 줄 알았는데 삼 년 이상 걸렸다. 수많은 사람들을 만나 필요성을 강조해야 했다. 타 시도와 달리 '현대무용' 전문 단체로 창단하기 위해서는 행정기관을 먼저 설득해야 했다. 그는 "고전 무용을 하면 한 가지만 할 수 있지만 현대무용을 하면 창작을 하기 때문에 고전에서 현대까지 뭐든 할 수 있으니 더 유리하다"고 장담하곤 했다.

1981년 어렵게 창단을 이끌어냈지만 첫술에 배부를 수 없었다. 단원들도 비상임으로 운영됐고 안무자와 훈련장만 월급이 지원됐다. 대구시민회관에 정식 연습실을 얻기 전까지 연습할 공간을 구하는 것 또한 오롯이 김기전의 몫이었다. 삼덕동 학원, 시청 뒤 무도장 등을 오가다가 분도소극장을 인수해서 연습 공간으로 활용했다. 시민회관 내에 연습실을 마련할 때도 적지 않은 노력이 들었다.

"행정기관의 사람들이 무용 장르에 대한 사전 지식이 부족했던 탓에 연습실 자재와 소품을 마련하기 위해 직접 뛰어다녀야 했어요. 마루를 깔 때 사비를 들여 더 좋은 자재를 썼어요. 연습용 바, 녹음기, 옷장도 연구소에서 꺼내 갔죠."

시립무용단을 만들었다는 것만으로 그저 좋았던 그는 사심 없이 무용실을 가꾸고 공연을 만들어나갔다. 대구바레아카데미는 대구시립무용단

대구시립무용단 창단공연 포스터

창단 즈음인 1980년경 무용인 최영자 씨에게 넘겼다.

시립무용단이었지만 공연에 대한 예산 지원이 턱없이 부족했다. 상임단원 하나 없이 시작했기에 상임단원 숫자부터 늘려가야 했다. 무대에 올릴 전문 무용수를 구하는 것도 어려웠다. 당시 지역 대학에도 무용과가 없었던 시절이라 학원에서 무용에 숙련된 학생들은 모두 서울로 진학을 하던 상황이었다. 무용을 배운 사람들 가운데 남아 있는 사람이라고는 중·고등학교 무용 교사들뿐이었다. 그래서 제대로 된 공연 무대를 만들기 위해서는 그들을 무대에 세울 수밖에 없었다. 남성 출연자가 필요할 때는 대구전문대 연극 전공자들을 무대에 올리기도 했다.

의상 제작비용도 항상 모자랐다. 의상을 만들 때는 흰색 명주로 한 번, 얼룩덜룩하게 염색해서 한 번, 완전 어둡게 염색해서 또 한 번. 의상을 만들기 위한 원단을 마련하면 적어도 세 번씩은 재활용했다. 시립무용단을 만들 때 "뭐든지 할 수 있다"고 행정기관을 설득했으니 뭐든지 해보여야 했다. 텔레비전이 대중화되자 텔레비전을 무대에 올려 무대를 연출하기도 했고 비닐, 파이프 등 당시 등장한 새로운 물건들을 공연 소품으로 활용했다.

1986년 아시안게임 때는 경기장 내 마스게임과 중앙로 거리 마스게임도 직접 안무했다. 달성공원, 팔공산 자락 등에서 야외공연도 만들었다. 해질 무렵 야외공연에 필요한 조명은 오토바이 수십 대를 일렬로 세워 라이트 불빛으로 연출하기도 했다. 요즘의 공연 현실에서 생각해도 쉽게 따라 하기 힘든 다양한 실험들을 해낸 것이다. 그는 이 모든 것들은 이론

적 배경 지식을 갖고 곁에서 도와준 남편 정막이 함께 있었기에 가능했다
고 했다.

소극장 운동

너무 많은 정열을 쏟아부었던 탓일까. '시립' 무용단이 되었기 때문에
시의 지원을 받을 수 있었지만 그만큼 많은 사람들의 이목이 집중되었
다. 1988년 그는 돌연 대구시립무용단을 떠나게 된다. 사임을 권고 받았
던 것이다. 창단에서부터 쉴 새 없이 열정적으로 임했던 탓에 충격도 적
지 않았다. 그 무렵 그는 시립무용단 야외공연장을 짓겠다는 목표를 세
우고 미리 동구 백안동에 부지를 봐두고 인근에 자택도 마련했었다.

무용단을 떠난 후 그곳에서 몇 년간 머물다가 1990년경 대구를 떠나게
된다. 아들의 사업을 도우며 서울에서 지내기를 몇 년, 1990년대 말 다시
대구에 돌아왔다. 2001년에는 옛 미문화원 자리를 임대해 소극장 '스페
이스콩코드'를 열었다. 시립무용단에서 못다 이룬 꿈을 다시 펼쳐볼 무
대가 필요했던 것이다. 스페이스콩코드는 젊은 예술인들의 발표 무대로
도 인기가 높았다. "춤 전용 공연장이 필요하다고 생각했어요. 실험적인
예술 장르가 설 자리가 필요한 시점이기도 했지요."

그러던 2004년, 갑자기 미문화원 건물이 다른 용도로 사용되면서 스페
이스콩코드는 문을 닫게 된다. 이후 그는 대구 공평동에 (사)시민문화연

김기전·정막 부부

구소를 개설했고 2009년에는 중구 화전동 옛 송죽극장 지하 1층에 스페이스콩코드를 재개관했다. 스페이스콩코드에서는 전국의 젊은 무용가 초청 공연이 열렸고 젊은 예술인들의 세미나 장소로 활발히 활용됐다. 그러나 이곳도 1년 4개월 남짓 운영하고 문을 닫았다. 건물주와 운영 조건 협상이 잘 되지 않았던 것이 이유다.

그는 2010년 초 다리를 다쳐 8개월가량 바깥 활동을 못했다. 잠시도 쉬어본 적 없는 그였다. 그는 다리가 회복되기를 기다리며 쉬는 동안 소극장 운동에 대한 생각을 정리할 수 있었다고 했다. "이제는 소극장이 더 이상 필요하지 않다는 생각이에요. 지역 내 공연장 인프라도 이젠 충분하고 또 젊은 무용가들이 큰 공연장을 선호하는 분위기이기도 해요. 그래서 이제 내가 직접 작품을 만들어서 공연장을 찾아가려고 합니다."

'공연을 직접 만들어서 찾아가겠다'는 그의 계획은 바로 실현됐다. 2011년 문예진흥기금 공모에서 작품 〈오방선유도〉로 지원금을 받았다. 이 지원금으로 대구, 서울, 부산, 대전, 목포, 천안 등 6개 지역의 무용단과 각 도시를 순회했다. 또 정막 선생과 함께 『대구무용 60년사』 편찬 작업도 시작했다.

김기전은 '춤이 어디로 가고 있는 것인가'가 항상 자신의 화두라고 했다. "시대성을 가진 작업을 해야 해요. 춤의 주제를 어렵고 보이지 않는 곳에서만 찾으려고 하면 안 돼. 생각은 비록 고통스러울지라도 작품은 쉽게 만들어야 해요." 무용이 나아가야 할 길에 대한 고민은 끝이 없다. 제대로 하지 않는 후배 무용인들에게는 쓴소리도 아끼지 않는다.

그는 자신의 전성기 때 전국에서 알아주던 '대구무용'의 명성이 퇴색해가고 있는 것 같아 안타깝기만 하다. "일평생 예술을 하며 살아왔는데 옳은 말을 제대로 할 줄 알아야죠. 나는 끊임없이 춤을 추고 있는 거예요. 말로도 춤을 춰요."

• • • •

김기전 선생은 대구 최초의 여성 운전자로도 꼽힌다. 자가용이 드물던 시절, 그것도 여성이 직접 차를 운전해서 다니는 풍경은 쉽게 볼 수 없는 것이었다. 활달했고 뭐든 적극적으로 추진하고 배우는 성격에 남들보다 빨리 스마트폰, 컴퓨터 환경 등을 받아들일 수 있었다. 2000년대 초반 선생을 처음으로 만났을 때도 그는 메일로 자료와 내용을 주고받자고 했던 것이 인상 깊었다. 중년들도 이메일에 익숙하지 않은 사람들이 많았던 시절이다.

선생을 종종 만나면서 그처럼 '최초'로 무언가를 시도한 사람들은 그 명예가 큰 만큼 눈에 보이지 않는 '희생'도 적지 않았음을 자연스레 알게 되었다. 그는 젊은 시절부터 경제적인 이익을 좇기보다는 '예술'이라는 명예를 선택했다. 그렇지만 한편 선생은 자신의 사회생활을 위해 남의 손에 아들 셋을 맡겨 키운 것을 가슴 아파했다.

그의 무용인생에 빼놓을 수 없는 사람은 그의 남편이자 무용세계의 정신적 지주였던 무용평론가 정막 선생이다. 정막 선생은 광주 출신으로 서울대 공대를 졸업했고 한국전쟁 당시 군예대에서 조교로 활동했다. 광복 직후 함귀봉 조선교육무용연구소에 입문해 조동화, 최창봉, 차범석, 정병호, 김문숙 등과 함께 현대무용과 교육무용을 배웠다. 부산대와 경성대에 재직했으며, 은퇴한 뒤에는 김기전 선생과 함께 대구시민문화연구소를 열어 평론가로 활발히 활동했다. 정막 선생은 『춤추는 바보, 춤 못 추는 바보』 등 무용평론집 다섯 권을 펴냈다.

2012년 1월 정막 선생이 지병으로 세상을 뜬 후, 김기전 선생은 누구보다도 화려한 추모공연(2012년 3월 15일)을 준비해 예술가의 길을 함께한 평생의 동반자에게 바쳤다. 그는 정막 선생과 함께한 마지막 작업인 『대구무용 60년사』 출간을 준비하고 있다. 근래에 공연장에서 김기전 선생을 만날 때면 정막 선생의 빈자리가 느껴져 허전할 때가 많다.

신명으로 살아온 세월
김수배

무형문화재 날뫼북춤 예능보유자

"농악 하는 사람들은 남들보다 더 사람들 앞에서 예의를 지켜야 한다는 점을 명심해야 해. 북을 치는 사람이 거리에 나가 침을 뱉거나 욕설을 하면 어느 누구도 그를 진정한 북소리를 내는 사람으로 인정해주지 않아요. 또 농악은 여럿이 함께 하는 공연이기 때문에 상호간의 인간관계를 돈독히 하는 것이 중요해요. 단원들이 연습실을 내 집처럼 생각하고 쉽게 찾을 수 있어야 마음에서 우러나는 공연을 할 수 있어요."

갓난아기의 배내웃음도 이보다 더 환할 수 있을까. 사진을 찍기 위해 포즈를 취한 대구시 무형문화재 날뫼북춤 예능보유자 김수배(1926~2006). 그는 북채를 잡자마자 어깨가 절로 들썩이고 표정이 더할 나위 없이 환해졌다. 오랜 지병으로 몸과 마음이 약해졌다는 이야기도 엄살이 아닐까 싶을 정도다.

"열여섯 살부터 북을 잡아 60년 이상 한평생 북을 쳤어요. 이제 모시던 웃어른 다 돌아가시고 나도 노인이 되고 보니 아쉬움도 많아요. 하지만 농악 하는 젊은 사람들이 배운 대로 잘하고 있어서 좋습니다." 그는 북을 메고 덩실덩실 춤을 추며 전국을 무대로 다닐 때가 엊그제 같다고 했다. 그는 날뫼북춤의 오늘이 있기까지 고생한 지난날이 이제는 자랑스럽다며 기뻐했다. 그의 뒤를 잇는 젊은이들이 각 학교에서 전수교육을 하는 한편, 전국을 오가며 공연을 펼쳐 날뫼북춤의 위상을 떨치고 있기 때문이다.

"요새 생각하면 우얄라꼬 그래 북을 쳤는지 싶어요. 그런 무거운 거를 미고 그러콤 쳤는지……. 그래도 북을 치는 게 그래 좋을 수 없었어. 그렇게 살아왔으이 이래 멀리 나와 있는 나를 찾아주는 사람이 있는 거 아니겠습니까."

무대 밖에서 그를 처음 만난 것은 경북 성주군 용암리 자택에서였다. 그는 오래 전부터 앓아온 당뇨로 인한 합병증으로 건강이 악화돼 1990년 대 중반부터 성주군 용암리에 머물며 요양을 했다. 공연이 있을 때와 농악단을 가르칠 때만 대구로 나들이를 했다.

기력이 약해졌다고 해도 인터뷰 때마다 꼿꼿한 모습을 보였다. 무대 위의 그를 만날 때면 지병은 짐작조차 할 수 없이 기운찬 모습이었다. 단지 방 한쪽에 놓여진 커다란 약 봉투와 "지금까지 복용한 약만 해도 몇 트럭은 될 것"이라는 말에서 그동안의 병고(病苦)를 짐작할 뿐이었다. 한번 북채를 잡으면 몇 시간이고 쉬지 않고 북을 칠 수 있을 정도로 건강했기에 병마와의 오랜 싸움에도 그 같은 기력을 유지할 수 있었으리라.

날뫼북춤을 만나다

노년에는 성주와 대구에 집을 두고 살았지만 김수배가 태어나고 자란 곳은 경북 청도군 각북면 비슬산 기슭이다. 그는 어린 시절부터 장골이 라는 소리를 들을 만큼 체격이 건장했다. 마을에서 씨름은 둘째라면 서 러울 정도였고 몸놀림이 빨라서 달리기도 잘했다.

그가 북채를 처음 잡은 것은 16세 무렵이었다. 마을 어른들이 논을 매고 난 후 들어오면서 북을 치는 것이 흥거워 보여 따라 해본 것이다. 그러다 본격적으로 농악단에 몸을 담게 된 것은 1945년, 해방과 함께 가족 모두 대구로 이사 오면서부터였다.

대구에서 가족이 자리 잡은 곳은 비산동이었다. 당시 비산동 일대에는 참나무가 가득했고 늑대가 우글거릴 정도의 시골 마을이었다. 그곳에 상쇠인 최봉수, 종쇠인 임문구 등을 비롯해 25명 정도의 젊은이들이 농악을 연습하고 공연도 하고 있었다. 어릴 때 북을 잡아본 가락이 있던 터라 그는 농악단을 자주 기웃거렸다. 그런 그를 알아본 최봉수 씨가 입단을 권유했고 곧 북채를 잡았다. 당시 마을마다 당산제를 지냈기에 마을마다 농악이 있었지만 대개 간단히 장구와 북을 치는 정도의 명맥만 유지했을 뿐이었다. 전문적으로 공연을 하던 단체는 비산농악단이 유일했다.

그가 농악을 시작했을 때 부모님은 "상놈이나 하던 짓을 양반이 한다"며 꾸중을 하며 말리셨다. 세월이 흘러 큰 대회를 열고 농악단체의 대표를 맡게 되면서부터는 부모님도 아들을 자랑스러워하셨다. 그는 3형제 중 둘째였고 한때 3형제가 모두 공연단에 몸을 담기도 했다.

그는 비산농악과 북춤에 빠져 살다가 1950년 한국전쟁이 일어나고 입대를 했다. 전장에서 그는 포탄이 몸과 팔에 박히는 부상을 입고 왼손 새끼손가락을 잃었다. 부상 즉시 육군 병원으로 후송되었지만 생명이 위급한 군인들이 더 많았기에 비교적 부상이 경미했던 그는 치료를 제대로 받지 못했다. 당시의 상처는 일평생 통증으로 남아 그를 괴롭혔다.

그렇지만 그는 북을 치며 살아가라는 의미로 하늘이 자신을 살려둔 것 같다고 했다. "그때 죽지 않고 살았으니 지금 이렇게 북 치고 춤도 추지. 이렇게 살아남아 북을 칠 수 있는 사실에 감사해요."

전국 무대에 서다

전쟁으로 잠시 해체되었던 비산농악단은 1953년 재창단됐다. 해방 직후 잠시 농악이 활성화되었던 분위기와는 달리 정전(停戰) 후에는 침체기를 걸었다. 젊은 사람들이 모두 공장으로 몰려가기 시작한 것이다. 젊은 사람들이 돈을 벌기 위해 공장으로 모이니 농악단에는 자연스레 사람이 줄었다. 또 정부에서 한때 농악을 금지시켜 쇠(꽹과리) 소리를 내면 경찰에 잡혀가기까지 했다.

그러다 1960년대 이후 다시 농악단이 활성화되기 시작했다. 경주신라문화제, 울산공업축제, 진주개천예술제 등 이름난 행사들이 생기면서 공연도 활발해졌다. 비산농악도 점점 전국으로 이름을 알리기 시작했고 경상도 일대는 물론이고, 전국 주요 행사장을 다니며 공연을 했다.

당시 각 지방 상쇠들은 서로의 이름 정도는 다 알았다. 항상 대회에 나가면 만나고 정보를 교류했기 때문이다. 한 길을 걷는다는 것, 같은 농악을 한다는 것만으로 대화가 통했고 서로 간에 정이 넘쳤다. 별도 출연료나 지원금이 주어지는 것도 아니었지만 북을 치는 것이 마냥 좋아서 모인 사람들이었다. 가끔 상을 받아 상금으로 여관비를 낼 수 있게 되면 그것으로 만족했다. 공연 무대가 별도로 준비되지 않은 곳도 개의치 않았다. 질긴 천에다 색색이 물을 들여 포장을 쳐 놓으면 그곳이 바로 무대였다. "포장을 치고 공연하는 건 남사당패와 다름없었어요. 트럭을 타고 경상 30리, 화원 30리, 칠곡 30리, 자인 30리 두루두루 다니면서 홍보했지."

1983년 24회 전국민속예술경연대회

공연이 끝난 후 그는 사람들을 모아놓고 앞에 나가 우스갯소리를 하거나 재미있는 동작을 선보이는 것을 즐겼다. "삐죽삐죽 이런 흉내를 내면 모두들 뒤로 넘어갔어"라며 당시를 재현했다. 얼굴을 찡그려가며 몸짓을 하는 그는 마치 그 시절, 그곳으로 되돌아간 듯 환한 표정이었다.

김수배는 박정희 전 대통령 취임식 때 세종문화회관에서 열렸던 '북의 대합주'를 잊을 수 없는 공연으로 손꼽았다. 다른 악기 없이 북만으로 이루어졌던 이날의 공연을 주도한 것은 단연 날뫼북춤이었다. 날뫼북춤의 춤사위와 북소리의 웅장함은 많은 사람들에게 감동을 줬고 전국적으로 날뫼북춤의 명성을 알리는 계기가 됐다. 이후부터는 한 달에 수차례 서울에 가서 공연하고 출연료도 당당하게 받게 됐다. 당시 함께 공연했던 국수호와 김덕수는 국내외를 오가며 우리 음악을 알리는 사람으로 유명해졌다. 날뫼북춤은 제33회 전국민속예술경연대회 문화부장관상을 수상했고, 1998년 제15대 대통령 취임식 축하 공연에도 참가했다.

신명으로 살아온 세월

"많은 중생 앞에서 실수 없이 할 수 있도록 해주십시오. 나무관세음보살……." 그는 매 공연에 앞서 마음속으로 기원한다. 일평생 북을 치며 살아온 그이지만 공연에 임하는 마음은 처음 북채를 잡았을 때와 다름없다.

무대에서 함께 공연을 할 때는 거리낌 없이 자신의 흥을 다 털어놓을 수 있고 가끔 엇박을 넣어보는 여유도 부릴 수 있다고 했다. 무대 위에서 만나는 그의 모습은 손끝, 발끝의 움직임 하나하나가 섬세하고 흥에 겨울 따름이다.

"종교가 중요한 건 아니에요. 본인의 마음에 달려 있는 것 같아. 마음 속으로 빌고 난 후면 마음이 편안해져요." 그는 불교 신자이다. 그가 머물고 있는 방 한쪽에는 언제나 불경이 놓여져 있었다. 그의 신앙은 독실한 불교 신자였던 어머니의 영향이다. 그는 어린 시절 온 가족이 한 방에서 잠을 잘 때 어머니가 홀로 낭독하던 불경 소리를 생생히 기억하고 있다. 어머니가 "우리 수배는 불당 언저리에 살아도 먹고 살겠다"고 말씀하실 정도로 어린 시절부터 불경을 잘 따라 읽었고 암송도 잘했다. 그가 경을 읽는 모습은 비산농악·날뫼북춤 공연 때 무대에서 실연되기도 했다.

그가 암송할 수 있는 불경과 사설은 수없이 많았다. 당산제를 지낼 때 풀어내던 사설도 불교 경전의 법문을 따온 것이 대부분이다. 비산농악단이 공연에 앞서 풀어내는 성주풀이도 윗대부터 내려오던 내용에 그가 살을 붙인 것이다. 대구 지역에서 공연되고 전승되어오는 농악의 메기와 풀이 가운데는 그의 기억을 거쳐 정리된 것들이 많다.

넉넉지 않은 가정환경에서 자랐지만 그는 "남자는 남을 해롭게 하는 것 빼고는 뭐든 해낼 수 있어야 한다. 뭐든 많이 배워 놓고 버리는 건 괜찮다"던 어머니의 말씀을 항상 마음속에 새기며 살아왔다.

농악단 생활 초창기 출연료가 없던 시절에 그는 생계를 유지하기 위해 다른 일을 찾아야만 했다. 어린 시절부터 경전을 잘 외웠던 기억을 되살

1984년 대구문화예술회관 기공식 축하공연 후

려 무속인들을 도와 사설을 정리해주거나 법문을 풀어내고 수고비를 받기도 했다. 그를 반 무당이라 부르는 곱지 않은 시선도 있었지만 4남 1녀 자식들을 키우기 위한 수단이었던 만큼 부끄러워하지 않았다. 자식들을 잘 키워 놓고 나면 남들 앞에서 더 떳떳할 수 있으리라는 생각에 남의 시선도 아랑곳하지 않을 수 있었다.

전국을 돌아다니며 장사도 해봤다. 나무, 쌀, 누에고치, 삼베, 월남치마, 우단잠바 등 다양한 품목을 다뤄봤다. 한국전쟁 후에는 상이군인 훈장 하나 달고 다니면 모든 것이 통했다. 건장한 체격과 서글서글한 성격 덕에 어떤 장사든 시작하면 성공했다. 그렇게 해서 번 돈은 부인에게 조

1998년 날뫼북춤 정기공연

금 주고 대부분은 농악 공연을 위해 썼다. 돈을 벌면 공연 하고 돈이 없으면 또 장사를 하고……. 그저 '신명'만으로 살 수 있었던 시절이었기에 가능했다.

욕심을 버리고 배짱을 가져라

농악은 여럿이 함께 하는 공연이기 때문에 연습 과정에서나 공연에서나 단체생활을 해야 한다. 그 때문에 그는 단원들에게 단원 상호 간의 인간관계를 돈독히 하고 사람들 앞에서 예의를 지키라는 점을 항상 강조한다. 북을 치는 사람이 거리에 나가 침을 뱉거나 욕설을 하면 어느 누구도 그를 진정한 북소리를 내는 사람으로 인정해주지 않는다고 생각했다. 또 단원들이 연습실을 집처럼 생각하고 쉽게 찾을 수 있어야 마음에서 우러나는 공연을 할 수 있다고 믿었다.

"옛날 사람들은 모두 순수하고 남을 잘 믿었어. 말 한마디면 그게 다였지. 그런데 요즘 사람들은 참 많이 다르더라고. 조금만 틀어지면 서로가 마음이 안 맞아하고……. 여러 파동을 많이 겪었어요." 그는 친형제처럼 친자식처럼 지내던 단원들이 뜻이 다르다는 이유로 일순간 농악단을 떠나버리는 아픔도 여러 차례 겪었다.

날뫼북춤은 연간 백여 회 공연을 한다. 날뫼북춤은 '허이' 하고 끊어주는 한 마디만으로 안무할 수 있어 소규모로 공연하기 쉽다. 그는 노년에 몸이 좋지 않을 때도 초청이 있으면 기꺼이 응해 무대에 서곤 했다.

그가 비산농악·날뫼북춤보존회 회원들에게 가장 강조하는 것이 연습의 중요성이다. 연습이 부족하면 공연 때 중요 부분에서 반드시 허점이 드러나게 마련이다. 꽹과리 소리 하나에 자연스럽게 박자를 맞춰야 하는데 남이 하는 것을 보고 눈치로 따라 하면 이미 때를 놓친 것이다.

요즘 날뫼북춤은 무대 공연으로 정형화되어 예전에 비해 공연 시간이 짧아졌다. 길어야 1시간 30분 정도. 교대 없이 두세 시간 이상 땀에 흠뻑 젖어 공연했던 예전과는 달라진 점이다. 그는 그래도 요즘 젊은 사람들이 다른 길을 선택하지 않고 농악을 배우러 들어와서 노력하는 모습이 기특하다고 했다.

"젊을 때부터 나는 '욕심을 버리고 배짱을 가져라' 하는 생각을 평생 가지고 살아왔지. 지난 세월을 한번씩 돌아보면 나는 나름대로 성공했다고 봐. 대학교수로 있다가 나와도 그저 그런 경우가 많은데, 나는 제자들도 많고 나를 불러주고 찾아주는 사람도 있고 안 좋습니까?"

그는 길고 힘든 투병생활 중에도 그를 부르는 곳이 있으면 선뜻 몸을 일으켜 무대에 섰다. 북채를 잡고 무대에 선 때가 일상의 걱정을 모두 잊게 하는 가장 행복한 순간이기 때문이다.

● ● ●

둥둥 북소리와 함께 감색 쾌자가 펄럭인다. 머리에 흰 띠를 두른 김수배 선생의 어깨가 강하게 들썩인다. 손끝, 발끝에서 뿜어져 나오는 기운이 온몸을 감싸 돈다. 그 순간 북과 몸이 한 덩어리가 되어 빙그르르 돈다.

그의 춤사위를 이제는 다시 볼 수 없다. 김수배 선생은 마지막 인터뷰를 한 이듬해였던 2006년 9월 향년 80세의 나이로 세상을 떠났다. 인간사 모든 순간이 그렇겠지만, 그가 이렇게 떠날 줄 알았다면 그의 공연을 좀 더 마음에 담아둘걸 싶다.

김수배 선생을 만날 때는 그의 제자였던 이성재 씨가 항상 함께했다. 김 선생이 농악 외에 사설에도 재주가 있다는 사실을 필자에게 알려준 사람도 이성재 씨였다. 기억해보면 날뫼북춤보존회에는 좋은 사람이 참 많이 있었다. 당시 사무국장으로 김 선생을 뒷바라지 한 이성재 씨, 그리고 김수배 선생이 타계한 후 2010년 날뫼북춤 제2대 예능보유자로 지정된 윤종곤 씨에 이르기까지.

이 모두 김수배 선생이 북춤의 기능 외에 항상 "똑바로, 지대로 된 사람이 되어야 한다"고 가르친 덕이 아닐까 싶다. 김수배 선생과 날뫼북춤 보존회에는 북춤 이전에 신의가 깊은 '사람'이 있었다.

* 날뫼북춤

비산(飛山)동에서 유래한 날뫼북춤은 비산농악에 그 뿌리를 두고 있다. 고을 의원이 부임하던 원고개에서 마을 사람들이 풍악을 울리고 춤을 추면서 원님을 맞이하던 관습이 비산농악의 기원이라고 전해진다. 1983년 영남대 교수들에 의해 비산농악이 발굴되었고 이듬해인 1984년, 그 가운데 두드러지게 발달한 북춤만을 가려낸 날뫼북춤이 무형문화재로 지정되었다. 북춤은 한 사람이 추는 독무와 여럿이서 추는 군무로 나뉜다. 쇠 한 명, 북 열두 명, 장고 한 명, 징 한 명 등 약 열다섯 명이 모두 흰옷에 녹색 조끼를 입고 머리에 흰 띠를 두른다. 덩더꿍이, 자반득(반직굿), 엎어빼기, 다드래기, 허허굿, 모듬굿, 살풀이굿, 덧배기 순으로 연행된다. 날뫼북춤은 단장이자 예능보유자로 지정된 김수배 선생과 40여 명의 회원으로 구성된 날뫼북춤보존회를 주축으로 전승되어왔다. 선생이 세상을 떠난 후 2010년, 윤종곤 선생이 그 자리를 물려받았다.

판화가 예술로 인정받기까지
김우조

판화가

"화가를 꿈꾸는 많은 젊은이들에게 그림을 창작할 수 있는 환경을 만들어줘야 합니다. 그리고 그들의 머릿속에 있는 것을 끌어낼 수 있는 방법을 찾아내야 해요. 낙서 같은 그림이라도 어떤 경로에서 나왔느냐에 따라 다릅니다. 무엇보다 좋은 작품을 위해서는 성실함과 섬세함이 뒷받침되어야 합니다. 그렇게 해서 탄생된 작품이야말로 진정한 예술입니다."

판화가 김우조(1923~2010)는 잠자리에 들기 전 스케치를 하곤 했다. 매일 매일 떠오르는 심상을 마치 일기를 쓰듯 스케치로 남겼다. 하루를 정리하는 시간에 홀로 하는 작업이기에 머릿속 상념들이 오롯이 손끝으로 옮겨진다. 어느덧 한 권을 다 채우고 다시 훑어보면 밤에 쓴 연애편지처럼 부끄러운 것도 있고 스스로도 놀랄 만한 구상도 발견한다. 마음에 드는 스케치는 골라 스크랩북으로 옮겨 뒀다가 작품으로 옮겼다. 그렇게 모아둔 스크랩북이 화실 캐비닛 안 가득했다.

"스케치는 젊은 시절부터 해오던 습관이다. 순간순간 떠오르는 이미지를 메모하듯 스케치 하는 습관이 중요하다. 요즘 젊은 사람들은 이런 단계를 거치지 않는 것 같아 안타깝다."

그는 평생 봉덕동 화실에 하루도 빠지지 않고 출근했다. 화실을 처음 열었던 1988년부터 지금까지 그가 화실을 비웠던 기간은 2000년대 중반 대상포진을 앓았을 때와 2009년 여름 일주일 동안 병원에 입원했던 때뿐이다. 대상포진의 후유증으로 허리와 다리가 편치 않을 때도 하루도 작업에서 손을 놓지 않았다. 그의 화실에는 찾는 이의 걸음이 끊이지 않았다. 항상 '그 자리'에 그가 있어왔기 때문이다.

요즘은 판화가 실용 가능한 미술의 한 분야로 인정받지만 50여 년 전, 그가 처음 판화를 시작할 당시에는 회화에 비해 늘 한 수 아래로 취급됐다. 또 제대로 기법을 배울 만한 스승이나 선배가 없던 시절, 김우조는 독학으로 판화를 개척해냈다. "정말 외롭고 힘든 길이었다. 정신적 지주가 되어준 팔만대장경의 불화가 있었고 조형의 기초를 가르쳐준 스승 서진달이 계셨기에 오늘의 내가 있을 수 있었다."

어려움을 겪어본 사람만이 진짜 화가

그는 1923년 경북 달성군 옥포에서 4남 1녀 중 장남으로 태어났다. 손재주가 많은 아버지의 영향으로 어릴 때부터 나무를 만지고 다듬는 일이 익숙했고 그림을 곧잘 그렸다. 계성중학교에서 그는 동기인 백태호를 만났다. 그는 백태호에 대해 "태호는 외국영화 브로마이드를 똑같이 재현해낼 정도로 그림을 잘 그려서 친구들 사이에 인기가 높았다. 조그만 사진 하나만 던져줘도 콩테로 잘 그려냈다. 당시 대구 아이들은 다들 백태호처럼 잘 그리나 싶어 주눅도 들었다"고 기억했다.

계성중학교 4학년까지는 전문 미술교사가 없었기에 그는 백태호와 같이 그림을 그리곤 했다. 그들은 "우리 나중에 같이 전시회도 열자" 하며 꿈을 나누곤 했다. 백태호는 1940년대 후반 대구화단의 중심에 서서 남관, 주경 등과 함께 대구미술협회를 창립한 주요 멤버이다. 그는 1950년

대 초 백낙종, 박인채, 김우조, 이복 등과 '향토 작가 7인전'을 여는 등 왕성한 작품 활동을 보여주었다.

김우조가 5학년이 되어서야 도쿄미대를 졸업한 교사 서진달이 계성학교 첫 미술교사로 부임해왔다. 서진달은 곧바로 미술부를 만들었고 김우조를 비롯해 백태호, 김창학, 변종하, 추연근, 김동철, 이서우 등이 회원으로 가입했다. 그는 계성학교 미술부에서 데생과 수채화 기초를 배웠다. 졸업 후에도 서진달을 찾아 미술 지도를 받았다.

지금처럼 물감을 구하기도 쉽지 않았고 경제적으로도 어려운 시절이었다. 끼니를 거르는 집도 많았던 터에 그림을 그린다는 것은 어려운 선택이었다. 그는 1941년 친구 추연근을 모델로 그린 작품 〈책을 읽는 소년〉을 조선미술대전에 출품해 입선이라는 쾌거를 거뒀다. 어린 학생이 조선미술대전에 입상한 건 인정받을 만한 일이었다. 그는 이 수상 경력을 계기로 미술교사로 취직할 수 있었다.

첫 부임지는 청도군 풍각초등학교(당시 송서초등)였다. 옥포 용연사에서 비슬산을 넘어서 풍각으로 향했던 첫 부임길은 그에게 잊지 못할 기억이었다. 일제시대였기에 일본인 선생에게 구타당한 학생들을 비호하다가 어디론가 끌려갈 뻔했던 아찔한 기억도 있었다. 그는 이후 청도, 포항, 구미 등지의 학교에서 근무했다. 그래서 학교를 오가는 기차 안에서 만난 인물들을 스케치한 인물화를 많이 남겼다.

1945년 해방 후 그는 대구소년원에서 잠시 근무했다. 그 시절 만난 학생을 모델로 해서 유화로 그린 그림이 〈소녀상〉(1953년)이다. "유화물감

1966년 대구경북중등미협 1차 임원회. 왼쪽에서 세번째가 김우조

은 정말 비쌌다. 새끼손가락만한 거 한 세트를 어렵게 사서 고약 바르듯 아껴 바르며 그린 그림이다." 그는 '고약 바르듯' 아껴가며 얇게 발라 그린 그림이라고 했지만 화실에서 직접 본 〈소녀상〉은 지금 막 그린 작품처럼 색감이 곱게 살아있었다.

팔만대장경을 만나다

그가 판화를 시작하게 된 것도 유화물감 값이 아까워서였다. 우리 재

김우조 〈계림〉(1971)

료도 좋은 게 많을 텐데 왜 비싼 유화물감을 사용해야 하는지 끊임없이 의문이 생겼다. 유화는 한 작품으로밖에 남지 않지만, 판화는 여러 작품을 남길 수 있고 보관도 간편했다. 어릴 때부터 칼로 나무 다듬는 것을 좋아했기에 나무판에 모양을 새기는 것에도 자신이 있었다. 무엇보다 쉽게 구할 수 있는 한지와 먹만 준비하면 판화를 찍을 수 있다는 점이 가장 매력적이었다. 색이 필요하면 수채화물감을 사용해도 됐다. 그렇지만 당시 어느 누구도 판화를 정식으로 시도하는 사람이 없었다. 그는 학교 수업에서 익혔던 지식만을 바탕으로 스스로 판화 기술을 개척해나가야 했다.

"조금씩 기술을 익혀나가고 습작을 하면서 자신감은 얻었지만 더 강한 확신이 필요했어. 그러던 차에 청도 풍각초등학교 교사 시절 동료 교사가 보여준 대장경 판을 찍은 불화 한 점이 기억나더군."

1960년경 어느 날 친구와 함께 해인사를 찾았다. 창살 너머로 바라본 먼지 가득한 판목, 젊은 스님을 설득해 경각 문을 열었을 때 훅 끼쳐온 냄새, 두근거리는 가슴과 떨리는 손으로 만져본 판목의 느낌, 손끝으로 전해져온 선조들의 예술혼……. 그가 "평생 판화를 연구해야겠다"는 결심을 하게 된 순간이었다.

목판화는 좋은 재료가 있어야 제대로 된 빛을 발한다. 좋은 재료를 매번 구비하자니 비용이 부담스러웠다. 물감 값이 아까워 판화를 시작한 그였다. 그래서 그는 질이 좋은 베니어판을 구해 작업을 하곤 했다. 먹은 송연, 종이는 시중에 파는 한지를 사용했다. 조각도가 없을 때는 철 펜을 거꾸로 쪼아서 갈아 쓰거나 우산살을 갈아 쓰기도 했다. 가끔 채색을 덧

입힐 때는 포스터컬러를 이용했다.

미술평론가 김영동은 "김우조의 독특한 미학은 고급재료를 마련하기 힘들었던 현실에서 주어진 환경에 적극적인 자세로 대응하면서 얻은 결과다. 종이, 포스터컬러, 베니어판 등 서너 가지 대중적인 재료들만으로도 단조롭지 않은 풍부한 표현성을 성취해낸 것은 이들 물질의 가치를 성공적으로 이용한 것이다"고 평가했다.

그는 피난민을 모티브로 한 작품 〈1950년의 회상〉(1966), 〈50년의 회상〉(1968)으로 전란 이후 힘들게 살아가는 사람들에 대한 작가적인 동정을 표현했다. 스스로 완성작이라고 꼽는 작품은 1971년 제작한 〈계림〉이다. 그는 이전의 작업기를 '십여 년간의 시행착오'라고 부를 정도로 이 작품에 만족해했다. 이 작품은 그의 생전에 화실 벽 한쪽에 걸려 있었다.

판화의 가치를 낮게 평가하는 사람은 쉽게 복제가 가능하다는 사실을 지적하곤 한다. 그렇지만 직접 목판에 모양을 파내고 일정한 색에 맞춰 찍어보지 않으면 그 노력과 수고스런 과정을 짐작하기 어렵다. 수작업의 특성상 제작할 수 있는 판의 크기와 찍을 수 있는 종이의 규격과 숫자가 제한될 수밖에 없다. 주로 3절과 4절 작업이 대부분이고 판 번도 10을 넘기는 경우가 거의 없다. 이렇게 해서 찍은 후 목판은 바로 불태워 없앤다.

현재 대구문화예술회관에 소장되어 있는 〈탑이 있는 풍경〉(1991)은 전지 두 장을 연결해서 어렵게 찍은 작품이다. 김우조는 항상 "판화는 찍히는 맛이 있어야 한다"던 동료 화가 배명학의 조언을 가슴에 철학처럼 새기며 작업에 임했다고 했다.

김우조 〈뒷골목 풍경〉(1977)

김우조 〈자화상〉(2007)

판화는 찍히는 맛이 중요

김우조는 향토 화단을 이끌어온 '황토회'와 '대구화우회'의 주도적 멤버로 활동했다. 황토회는 나재수, 백태호, 백락종, 민영식 등 네 명의 화가가 모여 1958년 만든 모임으로 나재수가 일찍 타계하고 난 뒤 김우조가 가입했다. 1978년 4회 전시부터 참여한 것으로 기록되어 있다. 대구화우회는 해방 직후 백낙종, 정점식, 추연근, 김우조 등이 모여 만든 모임이다. 황토회나 대구화우회의 일반적인 작품 경향이 그러했듯 김우조의 작품도 향토적인 애정과 정서가 듬뿍 담겨 있다.

그의 작품에는 주로 인물이나 골목 풍경 같은 우리 주변에서 쉽게 만날 수 있는 대상을 소재로 한 것들이 많다. 인물화의 배경은 주로 포항과 구미 등지의 학교로 출퇴근할 당시 기차에서 만난 인물들이다. 뒷골목 풍경은 대구역에 내려서 걸어나올 때 지나쳐온 풍경들이다. 그의 판화 작품들에서는 굵고 각진 명확한 선과 흑백 단색의 명암대비가 목판 이미지를 확고하고 명쾌하게 각인시킨다.

그는 농촌에서 자랐기 때문인지 토속적인 것에 관심이 많았다. 달성군 옥포에서 화원까지 걸어서 초등학교를 다녔고 계성중학교 졸업 후 부임한 학교도 거의 지방에 있었다. 통근 시간 동안 주변을 세심하게 관찰하는 습관이 생겼다.

야외 스케치 나가는 것이 힘겨워진 노년에는 매일 밤 스케치해 놓은 것들을 되짚어보고 한 점씩 작품으로 옮기곤 했다. 나무 작업에서 가장 힘든 때는 특히나 날씨가 차가운 겨울이다. 나무가 딱딱하게 얼어 조각칼이 좀처럼 들지 않는다. 그럴 때는 유화물감을 꺼내 그림을 그려보기도 했다.

"낙서 같은 그림이라도 어떤 경로에서 나왔느냐에 따라 다르다. 필요한 대로 공식화해서 이렇게 하면 된다는 식으로 규정하지만 그림을 그릴 때는 무엇보다 성실함과 섬세함이 뒷받침되어야 한다. 그렇게 해서 탄생된 작품이야말로 진정한 예술이다."

김우조는 "현실의 어려움을 딛고 통과한 사람만이 진짜 화가"라고 강조하곤 했다. 그에게 '재료'의 부재는 '대체재'의 선택으로 이어졌고 그는 그 재료가 가진 장점을 잘 살려냈다. 일평생 먼 길을 통근하는 어려움 속에서 그는 그 일상 속 평범한 사람들의 표정을 작품으로 남겼다.

'작가'라는 호칭은 주어진 현실 속에서 포기하지 않고 '그럼에도 불구하고' 독창적인 작업을 해낸 사람에게만 붙일 수 있는 이름이다. 판화가 김우조야 말로 그 수식어가 잘 어울리는 사람이 아닐까 한다.

●●●

김우조 선생은 2010년 여름, 노환으로 병원에 입원했다가 그해 마지막 날인 12월 31일 세상을 떠났다. 인터뷰를 위해 그의 화실을 찾았던 때가 2010년 1월이었으니 그 인터뷰가 그의 생전 마지막 인터뷰였던 셈이다.

김우조 선생의 작업대 풍경

그와의 인연을 이어준 사람은 그의 제자 박희숙 씨다. 인터뷰 때 선생의
옛 작업을 함께 들추고 설명해줬고 선생의 타계 소식을 제일 먼저 알려온
이도 바로 박 씨었다. 박 씨는 마지막 순간까지 선생 곁에서 작업실을 쓸
고 닦고 찾아오는 문하생들을 함께 가르쳤다. 박 씨는 자신의 스승이 생
전에 제대로 평가받고 있지 못함에 가슴 아파했다.

수많은 학교를 옮겨 다니며 제자들을 길러냈지만 끝까지 선생의 곁을
지킨 제자는 몇 되지 않았다. 주된 부임지가 여학교 위주였고 요즘처럼
여성들이 사회 활동을 하지 않던 시절이라 그랬을 수 있겠다 싶었다. 판
화라는 미개척 분야를 처음으로 시작해 평생을 외롭게 걸어온 김우조 선
생이었는데 마지막 길도 외로웠을 거라 생각하니 마음 한쪽이 아려왔다.
일일이 표구하기도 어려워 작업실에 켜켜이 쌓여 있던 수백 장의 작품들
은 선생의 딸과 박희숙 씨가 나눠 보관 중이라고 한다.

김우조

붓 따라 일어서는 힘찬 대자연의 풍경

서양화가 김종복

"대자연의 우주적 질서, 자연이 주는 기운과 충만감을 어떻게 잘 표현해낼 것인가가 일평생 저의 화두였어요. 자연 가운데 산은 무엇보다 변화가 많고 스케일이 크잖아요. 산에는 춘, 하, 추, 동 변하는 모습이 있고 그 속에 모든 생물이 있어요. 산은 자연의 모든 것을 품고 있어요. 이제는 오랜 세월을 함께한 정원의 나무들, 아침마다 지저귀는 새들, 추억 속의 풍경들, 그리고 미처 가보지 못한 희망의 여행지들, 모든 것이 그림의 소재가 됩니다."

　서양화가 김종복(1930~)은 '선이 굵은' 화가로 불린다. '선이 굵다'는 것은 그의 외양에서 느껴지는 것이기도 하고 작품 속에 드러난 붓의 터치가 내뿜는 이미지이기도 하다. 그의 그림에는 '여류 화가'로 한정지을 수 없는 역동적인 힘과 자신감이 담겨 있다. 그의 이름과 작품만 보고 남성으로 오인하고 있는 사람도 적지 않다.

　그는 대구 서양화단을 개척하고 이끌어간 1세대 작가로 손꼽힌다. 1950년대 지역 여성작가로서는 최초로 일본 유학을 떠났고 1970년대에는 홀로 프랑스 유학을 다녀왔다. 이후 대구가톨릭대 교수로에 부임해 1995년 정년퇴임 때까지 후학을 길렀다. 정년퇴임 이후 여든을 넘긴 지금까지도 붓을 놓지 않고 꾸준히 작품을 발표하고 있다.

　그는 1960년대에는 과감한 구도와 굵은 윤곽선, 그리고 상징적인 색채로 개성이 드러나는 작품, 1970년대 프랑스·스페인·이집트·이탈리아 등의 풍경을 분방한 필치와 화려한 색감, 과감한 형태의 단순화와 왜곡 등으로 표현한 작품들, 1990년대 색면과 선들의 약동이 보다 강렬해지는 한국의 산을 주제로 한 대작들, 2000년대는 추상화되고 단순화된 풍경에 심상이 더해진 작품들을 선보였다.

그는 자신의 '힘 있는' 이미지에 대해 만족해했다. "당당한 게 좋지. 나는 자신감 있게 뭐든 해왔어요. 웬만한 남자들과 대등하게 겨룰 수 있었다고 생각해요." 요즘에야 여성들이 사회생활을 하는 것이 자연스럽고 예술가에 대한 인식도 좋아졌지만 오래 전 그가 그림을 시작하던 시절에야 어디 그랬겠는가. 먼저 가족의 반대를 이겨내야 했고 사회의 편견도 극복해야 했다.

시대적으로도 순탄치 않았다. 일제시대와 한국전쟁을 비롯해 어려운 시절을 청년시기 온몸으로 고스란히 겪어냈다. 그는 자신의 미술인생을 '도전적인 삶'이었다고 회고했다. 그의 그림에 보이는 역동적인 붓 터치는 힘차게 한 획, 한 획 그어온 삶의 이력에 다름 아니다.

대자연을 화두로 삼다

대구 수성구에서 나고 자란 그는 어린 시절부터 줄곧 화가가 되겠다는 꿈을 품었다. 틈만 나면 캔버스를 둘러메고 스케치를 나갔다. "온통 들판이고 산이었거든. 그냥 주먹밥 하나 만들어갖고 그림 그리러 다녔는데 마냥 좋았지." 그는 하늘을 보고 구름을 보며 성장했다.

1950년 경북여고를 졸업하던 해 바로 한국전쟁이 발발해 그는 미술대학에 진학하지 못했다. 휴전 이후에도 계속 공부할 수 없었던 것이 한이 된 그는 1956년, 스물일곱의 나이에 혈혈단신으로 일본으로 건너가 일 년

가량 미술 공부를 하고 돌아왔다. 외국에 나가는 것이 쉽지 않았던 시절이었다. 출국 준비에서부터 배편을 통해 일본에 도착하기까지 고생도 적지 않게 했다.

"뭘 그리 하고 싶었는지, 아무튼 하고 싶은 건 해내야 하는 성격이었어요." 1965년 공보관 화랑(옛 시민회관)에서 연 첫 개인전은 젊은 시절의 에너지를 풀어놓은 자리였다.

그림 공부에 대한 욕심은 이후에도 이어졌다. 결혼 후 아이 셋을 낳아 기르면서도 붓을 놓지 못했다. 아이들을 데리고 산으로 들로 나가 그림을 그리기도 했다. 그렇지만 늘 뭔가가 부족했다. 사업을 하던 남편은 늘 바빴고 그는 예술적 충동을 억누르며 살기 힘들었다. 어디론가 탈출구를 찾지 않으면 숨 막힐 것만 같던 시간이었다. 마침내 1972년, 김 화백은 마흔을 넘긴 나이에 홀로 프랑스 파리 유학길에 올랐다.

"해외여행이 거의 없던 시절 내가 대구에서 처음으로 유학을 간 거야. 당시 프랑스에서 활동하던 예술가들은 문신, 이성자, 이응노 선생밖에 없었어. 비행기 값이 비싸서 자식들 보고 싶어도 꾹 참고 견뎌냈지."

그는 파리에서 4년간 머무르며 갈망하던 미술적 끼를 발산했다. 틈틈이 시간을 내 여행을 다니며 이국의 자연을 느꼈다. 유럽 곳곳을 여행 다니며 만난 풍경은 그의 화폭에 또 다른 감흥을 이끌어냈다. 고국에 있는 자식들을 생각하며 스스로에게 잠시의 게으름도 허락하지 않았다. 원 없이 그림을 그리고 또 그렸다. 그 결과 유학 시절 세 번의 개인전을 열었고 살롱전에 출품해 금상도 탔다.

파리에 머무는 동안 한국인, 그것도 지역 출신 여성이 파리에서 활약한 일은 당시로서는 획기적인 일이었다. 1975년, 그가 귀국하자마자 수많은 신문매체에서 그의 기사를 다뤘다.

대구로 돌아와 정착한 그는 1976년부터 효성여자대학교(현 대구가톨릭대학교)에서 후학을 길렀다. 후학을 양성하면서도 그는 꾸준히 국내외 산하를 두루 여행 다니며 그 느낌을 화폭에 담았다.

그의 일평생 작업 화두는 '대자연의 우주적 질서, 자연이 주는 기운과 충만감을 어떻게 표현해낼 것인가'이다. 그는 대상의 파격적인 단순화와 강렬한 윤곽선, 생동감 넘치는 색채와 터치 등으로 그 화두를 풀어가고 있다. 밝고 강렬한 색과 선, 활기차고 아름다운 화면 구성은 보는 이에게도 에너지를 준다.

1976년 귀국 개인전. 왼쪽부터 손일봉, 손응성, 김종복, 김원, 박명자

김종복의 산, 김종복의 색

특히 그의 '산'은 웅장하고 생동감 있는 그림으로 유명하다. 흔히 볼 수 있는 산이지만 그의 손을 거쳐 화폭에 옮겨진 산은 어떤 누구도 흉내 낼 수 없는 생동감과 힘을 가진다. 시인 신동집은 김종복의 개인전(2000년 서울갤러리)에 부치는 헌시(獻詩) 「김종복의 山」에서 이렇게 노래했다.

붓 따라 힘찬 山이 일어선다 / 生動하는 숨결이 일어선다 / 물씬한 黃土 내음 / 바윗돌의 意志 / 뜨거이 짙은 빛갈이 일어선다 / 종복의 山이다 / (중략) / 山은 / 쉬임없이 끓는 집념이다 / 영감에 찬 숨결이다 / 종복의 山

그에게 유독 산을 즐겨 그린 이유가 무엇인지 물었다. "산은 무엇보다 변화가 많고 스케일이 크잖아요. 산에는 춘, 하, 추, 동 변하는 모습이 있고 그 속에 모든 생물이 있어요. 산은 자연의 모든 것을 품고 있어요."

그의 그림을 이야기하면서 빼놓을 수 없는 것이 독특한 색감이다. 강렬하면서도 극단을 달리지 않는, 그런 가운데 보는 이의 마음을 흡입하는 듯한 색채는 김종복만의 색이다.

미술평론가 박래경은 "적갈색 또는 주황, 황색조의 바위산과 그와는 대조적인 하늘이나 산 사이의 산그늘이 대비색조로 이어져 격조 높은 조화를 이루게 된다. 이 작가의 자연이 있는 힘차고 아름다운 화면은 제각각의 조형요소를 작가 특유의 감수성에 따라 처리하고 요리한 조형언어의 결과"라고 평가했다. 그의 색은 인쇄물로는 좀처럼 표현하기 힘들다. 대자연과 공기와 기(氣)를 종합적으로 단순화시킨 색은 작가의 붓 터치를 통해서만 제대로 된 생명력을 발한다.

1991년 제2회 최영림미술상을 수상할 때 심사위원장을 맡았던 미술평론가 유준상은 "조형적 외모보다 정신적 의미 부여가 우선하는 구성세계를 펼쳐 보이며 그의 강렬한 색감은 전체의 구성을 생동적인 것으로 만들고 있다"고 평했다. 특히 그의 색채 감각은 아무나 흉내낼 수 없는 김종복만의 타고난 능력이라며 높이 평가했다.

그의 자연에 대한 경외와 애정은 화면 가득히 생동감 넘치는 색채와 운율로 표현된다. 화려한 색채의 면과 굵고 강한 선은 구체적인 대상으로서의 산이 아니라 작가의 마음속에서 추상화된 산이다. 특히 후기로

김종복 〈산〉(1989)

접어들면서 그의 그림은 단순해지고 추상화되는 과정을 보이고 있다.

완성이 없는 긴 작업 세계

김종복은 지난 1995년 20여 년 재직한 효성여자대학을 정년퇴임한 이후 작업에만 몰두하고 있다. 정년퇴임을 기념해 그는 생애를 고스란히 담아낸 화집을 펴냈다. 두 권으로 출판된 화집에는 유화 2백30여 점과 데생 30여 점 등 1947~96년까지의 주요 작품들이 수록되어 있다.

지난 2000년 서울갤러리에서의 개인전 이후 9년 만인 2009년, 대구 리안갤러리에서 초대 개인전을 열었다. 2011년에는 대구미술관 개관 기념으로 고 정점식 화백과 함께 초대전을 열었다.

그는 자기 관리, 작품 관리에 철저한 작가로도 이름나 있다. 70년 가까이 그림을 그렸지만 지금까지 연 개인전은 20회도 되지 않는다. '꼭 필요한' 경우에만 단체전에도 출품했다. 소품 한 점도 함부로 그림시장에 내놓지 않았다. "그냥 줄지언정 절대 함부로 작품을 거래하도록 내버려두지 않았어요." 깔끔하고 분명한 성격이지만 큰 결정은 시원하게 해냈다. 2011년에는 그가 재직했던 대구가톨릭대학에 80여 점의 작품을 기증하기로 약속했다. 시가 200억 원 상당이다. 그는 그것 또한 '당연히 할 일'이었다고 했다.

그는 남의 시선에 아랑곳하지 않고 성실하게 그림을 그리고 있다. 수

십 년 체취가 묻어 있는 물건들과 세월을 함께한 정원의 나무들, 아침마다 지저귀는 새들, 추억 속의 풍경들, 그리고 미처 가보지 못한 희망의 여행지들……. 이 모든 것이 노 화가로 하여금 붓을 들게 하는 이유가 된다. 그는 여든을 넘긴 나이에도 붓을 놓지 않고 꾸준히 작업을 해 근작들을 선보이고 있다.

줄어들지 않는 에너지가 놀랍다는 질문에 그는 "화가가 그림을 그리는 건 당연한 거지. 뭐 새로워요?"라는 대답을 툭 던진다. 근작에는 '산' 풍경도 있고 '나목(裸木)'도 있다. "평론가들은 내가 나이 들었기 때문에 잎이 떨어진 나목을 그린다고 하는데 그런 건 아니에요. 그냥 내가 좋아하는 나무, 자연이기 때문에 그리는 거지."

그동안 수많은 그림을 그렸지만, 정작 그는 만족스런 작품은 별로 없다고 말했다. 완성이 없는 지난하고도 긴 작업 세계, 그것이 오히려 그로 하여금 끝없는 창작 활동을 하게 하는 원동력이 아닐까.

●　●　●

김종복 화백은 그는 1남 2녀 자식들을 모두 출가시키고 홀로 살고 있다. 그가 1989년부터 살아온 자택은 일평생 그를 후원하고 있는 오빠가 마련해준 곳이다. 작업실을 겸하기 위해 특별히 설계한 곳으로 천장이 높은 단독주택이다. 100호, 200호 대작 위주인 그의 작품을 위해 작업실

김종복 〈나목〉(2009)

을 설계한 걸까, 작업실이 커서 자유롭게 작업할 수 있어서였을까. 어느 것이 먼저인지 모르나 공간도 자신이 품고 있는 사람의 기운을 닮아가는 것 같다. 집에서 풍겨지는 느낌도 그의 작업의 깊이만큼이나 크고 높고 깊다.

잘 정돈된 정원, 화실 곳곳에 장식된 나무들은 김 화백의 '자연 취향'을 고스란히 보여준다. 전면 창을 통해 정원의 나무를 보고, 매일 아침 나무를 찾는 새소리에 눈을 뜬다. 그의 한 지인은 김종복의 작품세계의 근원도 궁금하지만, 오랜 세월 그렇게 덩치 큰 단독주택을 홀로 지킬 수 있는 힘이 어디서 나오는지가 더 궁금하다고 했다. 그는 어릴 때부터 자연과 함께 호흡해왔기 때문이라고 말한다.

"예전 대구은행 본점 자리에서부터 수성못까지는 큰 평야였어. 수성들판을 거닐고 하늘을 올려다보면서 그림을 생각했지. 내가 살고 있는 이곳이 오랜 고향이자 작업의 근원이야." 그가 풍경화로 일가를 이룬 것은 우연이 아닌, 필연이었을 것이다.

김종복

세월을 떠난 창작에의 열정
서양화가 **신석필**

"그림을 그릴 대상을 결정하고 나면 그것을 어떻게 표현할까 연구해. 자꾸 연구하다 보면 마음에 드는 형태를 찾아내게 되지. 내 작품은 오래오래 고민하고 연구에 연구를 거듭한 형태들이야. 오래 익은 포도주가 진한 맛이 나듯, 만들고 싶은 형태들은 오래오래 술을 빚듯 고민해서 작품을 만들어야겠지. 내가 밝은 마음을 갖고 사니까 그림도 밝지. 그림을 그리는 게 행복하고 즐거워. 우울한 사람은 작품이 우울하거든. 보통 자신이 그대로 작품에 표현되는 거야."

오랜 세월 고향을 떠나 살아온 사람들은 '고향'이라는 단어만 떠올려도 코끝이 저려온다. 더구나 다시 돌아갈 수 없는 고향이라면 그 정도가 더할 것이다. 서양화가 신석필(1920~)은 황해도 사리원이 고향이다. 그는 한국전쟁 때 피난을 내려와 대구에 정착했다. 신석필의 작품 속에서 고향은 유년 시절의 아름다움을 간직한 내면의 공간으로 자리하고 있다. 그의 고향 풍경에서는 따스한 감성이 듬뿍 묻어난다. 실향의 아픔마저도 낙천적으로 소화해내고 있는 그의 성품이 배어나온 탓이리라.

"내가 밝은 마음을 갖고 사니까 그림도 밝지. 그림을 그리는 게 행복하고 즐거워. 우울한 사람은 작품이 우울하거든. 화가 자신이 그대로 작품에 표현되는 거야. 오래 익은 포도주가 진한 맛이 나듯 내가 만들고 싶은 형태들은 오래오래 술을 빚듯 고민한 결과물들이야." 그는 자신의 작품을 오랜 세월 빚어 깊은 맛을 가진 포도주에 비유했다. 그가 향토 화단에 뿌리내린 지 60여 년. 그는 한국전쟁 발발과 동시에 고향을 떠나 피난을 내려왔다.

그는 시대적인 유행과는 일정한 거리를 두고 독자적인 작품세계를 만들어왔다고 평가받는다. 떠나온 고향에 대한 향수, 인물상 그리고 우리나라 고대사(古代史)에 관한 이미지들을 화폭에 담아내고 있다. 2011년 가을에는 쉰두 번째 개인전을 열었다. 개인전의 횟수도 놀랍지만, 아흔둘의 나이에 신작 위주로 개인전을 준비했다는 것은 세간에 화제가 될 만한 일이었다.

그가 아틀리에를 겸해 살고 있는 집은 일본식 주택이다. 그가 한국전쟁 때 대구로 피난 온 당시 장만한 것이다. 수차례 보수를 해가며 60여 년 살아왔다. 그는 이 집에서 자식들을 길러냈고 자식 같은 그림들을 그렸다. 그래서 이 집은 그에게는 신체의 한 부분처럼 익숙하고 소중하다. 집 안 곳곳에 작품들이 걸려 있고 작업실에는 금방 손을 뗀 듯한 화구들이 흩어져 있다.

온몸으로 근대를 겪어내다

"내 고향 황해도 사리원 은파는 맑은 강이 흐르고 버드나무가 죽 늘어서 있는 풍경이 아름다운 곳이야. 그런데 몇 해 전 그 자리에 홍수가 났다는 뉴스가 들리던데 그 탓에 옛 모습이 없어졌을까 걱정이야." 3남 1녀 중 막내인 신석필은 홀로 처자식을 이끌고 월남했다. 다른 형제들은 모두 북한에 남아 있다.

그가 그림을 시작한 것은 보통학교 2학년 때부터다. 그의 재능을 눈여겨본 미술선생이 그가 보통학교를 졸업할 때까지 약 5년간 미술을 가르쳤다. "이북에는 눈이 많이 오거든. 어느 날인가 눈이 많이 쌓여 걷기조차 힘들었던 날 선생님 따라 스케치북을 들고 그림 그리러 다녔던 기억이 지금도 생생히 남아 있어." 아들같이 귀여워하고 아껴주셨다는 미술선생님, 길이 막힐 정도로 눈이 쌓인 마을 풍경……. 그의 마음을 아리게 하는 고향에 대한 추억이다.

당시 여느 가정에서처럼 그의 부모님도 그가 그림 그리는 것을 반기지 않았다. 그렇지만 그의 고집을 꺾을 수는 없었다. 그는 고등보통학교를 졸업한 후 본격적인 그림 공부를 위해 일본으로 유학을 떠났다. 그러나 유학생활 채 일 년도 되지 않아 제2차세계대전이 발발했고 어쩔 수 없이 꿈을 접고 고향으로 돌아와야 했다.

1945년 일제에서 해방되던 해, 때마침 해주에 미술학교가 생겼다는 소식이 들려왔다. 그는 반가운 마음에 서둘러 그곳으로 진학했다. 꿈같이 행복한 시간들이었다. 원 없이 그림을 그렸고 다양한 미술 사조에 대한 공부도 할 수 있었다. 해주미술학교를 졸업한 후에는 평양국립미술학교에서 2년 반가량 조교로 일했다. 당시 평양국립미술학교 조교는 장래가 보장되어 있었기에 일등 신랑감이었다. 조교생활을 하면서 그는 결혼을 했다.

그는 그 시절 가장 기억에 남는 사람으로 당시 '물질문화조사위원회' 위원장을 꼽았다. 학비를 벌기 위해서는 아르바이트를 해야 했다. 하지만 그는 평양미술학교 출신이 아니었던 터라 일자리를 구하기 힘들었다. 사람들은 그에게 "여보시오. 우리 학교 학생들도 아르바이트 할 게 없는

젊은 시절의 신석필

데 당신한테 어떻게 주겠소?"라며 냉정하게 말하곤 했다. 그때 그를 알아
보고 선뜻 일거리를 준 사람이 물질문화조사위원회 위원장이었다. 위원
장의 도움으로 기와 문양을 사진으로 찍고 다시 그림으로 그려오는 일을
하며 학비를 벌 수 있었다. 그는 조교생활을 마치고 교수가 되는 것만을
꿈꿨다.

그런데 그때 한국전쟁이 발발했다. 그는 아내와 함께 남한으로 피난을
내려왔다. 처음 피난해서 내려왔던 곳은 부산이었다. 부산은 고향과 너
무나 먼 곳이었다. 서울이 수복되고 난 뒤 다시 그는 고향과 보다 가까운
서울로 이동했다. 그런데 경주에서 교통사고를 당하고 만다. 치료를 받
으며 교통이 편리한 곳을 찾다가 그가 머물게 된 곳이 바로 대구였다.

대부분의 피난민이 그러했듯, 그의 가족도 도시락과 금붙이 몇 개 지

재불(在佛) 한국문화원에서 열린 한·불작가초대전에서 〈25時〉 작가 게오르규와 함께

니고 온 것이 재산의 전부였다. 경제적으로 궁핍한 시간이었다. 그래도 그가 힘을 낼 수 있었던 것은 곧 통일이 되면 고향으로 돌아갈 수 있다는 기대 때문이었다.

처음에는 일주일만 있으면 돌아갈 수 있을 것 같았는데 그 일주일이 모여 수십 년이 흘러버렸다. 그는 떠나온 고향에 대한 향수와 그리움을 화폭에 풀어냈다. 그의 화폭에 드러나는 고향 풍경은 고요하고 따스하기만 하다. 그가 온몸으로 겪어낸 근대사는 역동적인 데 반해 작품 속 풍경은 언제나 평온하다. 신석필의 작품에는 기억 속의 고향 풍경, 그리운 사

116

람들, 타향에서 언제나 이방인으로 자리할 수밖에 없었던 자신의 모습 등이 자주 등장한다. 신석필의 작품세계에 대해 시인 전상열은 다음과 같이 노래했다.

잠이 오지 않는 밤에는 京義線을 탄다 / 沙里院을 지나면 正方由 어구 살구꽃이 고와서 少女로 운다 / 由城은 병풍 두루고 成佛寺 잠이 들어가도 거기 없는 빈 하늘 / 自由여 그래서 그런지 석필의 그림은 맑고 연하지마는 고향 생각뿐이다 / 떨어진 꽃이파리 익어가는 가을 가지에도 석필의 그림 세계는 겨레여 기도하는 흐느낌 간절한 소망의 빛깔뿐이다.

— 『詩와 批評』 1978년 봄호 중에서

신석필이 대구에서 처음으로 구한 직장은 대구서고등학교 미술교사였다. 대구에 정착한 지 꼭 7년 만이었다. 이어 남산여고 교사를 거쳐 영남대 개교와 동시에 영남대에서, 이어 지난 1997년까지 경북대에서 강의를 했다. 그는 평양미술학교에서 조교생활을 마치고 학위를 제대로 받지 못한 것을 언제나 아쉬워하곤 했다.

도망자이자 이방인

신석필의 작품에는 일본에 건너간 고대 삼국시대 유민들에 관한 이야기를 담은 것이 많다. 〈阿羅鄕의 추억〉, 〈渡來人〉, 〈百濟의 影〉, 〈도망자〉, 〈異鄕〉, 〈異邦人〉, 〈유랑〉 등 제목에도 잘 드러나 있다. 한일 고대사에 대한 그의 관심은 평양미술학교에 재직하던 당시 물질문화보존위원회에서 아르바이트하던 때 시작되었다.

"물질문화보존위원회 위원장에게서 일본 천황이 백제 사람이라는 것 등 한일 고대사에 대한 이야기를 많이 들었어. 상당히 충격이었어. 그래서 공부했지." 그러나 그 기억들이 그에게 체화(體化)된 것은 자신이 '도망자'이자 '이방인'으로 살아가게 된 월남 이후부터다.

"고대에 한국 사람들이 건너갔을 때 말이야. 가고 싶어서 간 사람들보다 왕조가 바뀌면서 쫓겨가고 도망간 사람들이 많아. 백제와 신라가 싸울 때 백제 사람들이 도망가고 고려가 세워질 때 신라나 고구려 사람들이 도망가고 말이야. 내 입장과 다를 게 뭐 있겠어. 나도 북한으로부터 도망 나온 사람이고 남한에서는 이방인이거든."

그래서 그는 일본 속 한국 유민들의 삶에 대해 조사하고 공부하기 시작했다. 1989년부터 1996년까지 '일본 속 고대 한국인의 발자취'라는 제목으로 월간 『대구문화』에 7년간 글을 연재했다. 연재를 위해 『일본서기(日本書記)』, 『고사기(古事記)』 등을 비롯한 수십 권의 참고 문헌을 찾아보고 연간 십수 차례 일본과 한국을 오가며 고증을 거쳤다. 연재 원고를 통해 그는 '일본 속에 있는 고대 한국인의 발자취'를 그의 시각으로 정리했다.

"일본 왕의 조상이 한국 사람이라는 것은 알고 있지? 이 사진은 일본

신석필 〈이방인〉

쯔루가에 있는 신라 왕자의 동상이야. 그리고 이거는 오사카 인근에 있는 고려교(高麗橋) 사진이야. 여기 백제역(百濟驛)도 있고, 시라키(신라)라는 마을도 있어……."

한창 일본을 오가며 연구를 활발히 할 때는 일본에 있는 왕인(王人) 박사의 유적을 직접 찾아가 보고 화폭에 옮긴 뒤, 같은 곳을 사진으로 찍은 일본 사진작가와 2인전을 열기도 했다. 그는 2000년대 중반까지 일 년에 대여섯 차례 이상 일본을 오가며 전시회를 열었다.

일본 사진작가 외에 일본의 문인들과도 친분을 쌓았다. 1990년대 후반부터 2000년대 중반까지 일본 오사카에서 발간하는 월간 『시지(詩誌)』의 표지 전속작가로 활동하기도 했다. 연 5회 정도 표지를 그리면서 일본의 시인들과 친분을 쌓아 그들과 시화전을 열기도 했다. 일본 여류 시인들은 신석필의 그림을 자신들의 시집 표지로 즐겨 사용하곤 했다.

일본 시인들이 표지로 택한 그림들은 신라 왕자 전일창이 일본을 개척하던 상황을 추측해서 그린 그림 〈出石의 天日創〉, 베 짜는 기술을 일본으로 전파한 여인상을 그린 〈직녀〉 등 한일 고대사에 관한 것이 대부분이다.

"한일 고대사에 대해서 연구할 게 아직도 굉장히 많다"는 것을 체감하고 있다는 그는 일본에는 한일 고대사를 연구하는 학자들이 수백 명에 이르는 데 비해 우리나라는 그 숫자가 적어서 안타깝다고 했다. 일평생 '도망자'이자 '이방인'의 느낌을 끌어안고 살아온 신석필에게 일본은 '가깝고도 먼 나라'가 아니라 '가깝고도 가까운 나라'였다.

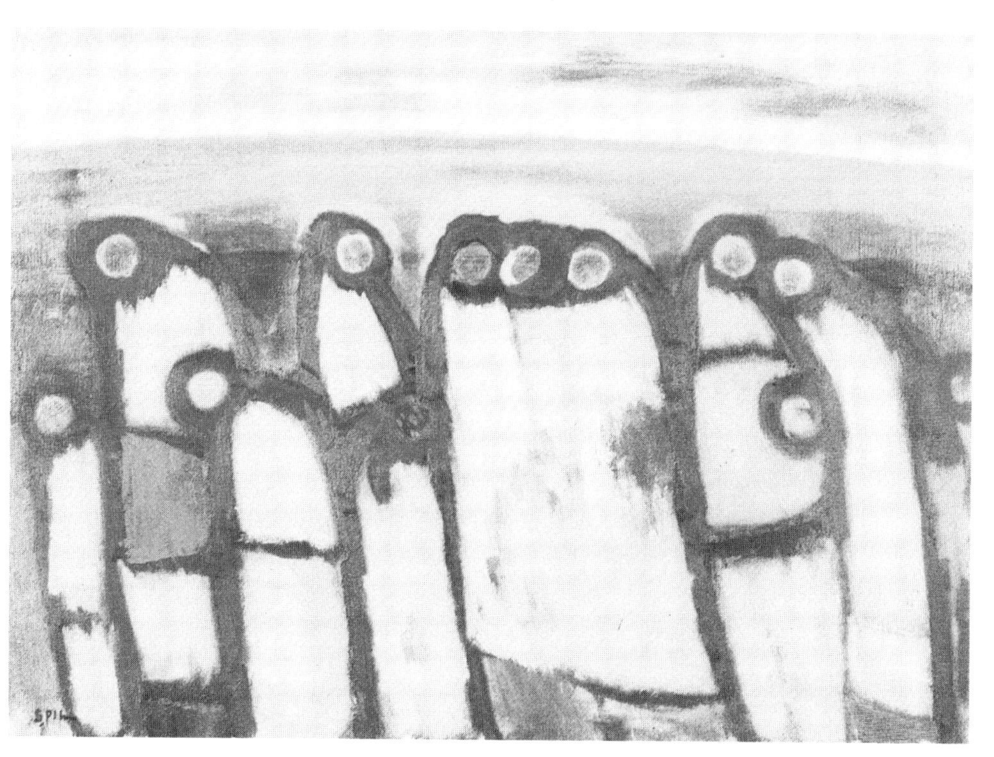

신석필 〈유랑〉

추상과 구상을 넘나들다

그의 아틀리에에는 조소 작품이 두 개 있다. 하나는 그가 남산여고 재직 시절 동료 교사 체육선생을 모델로 만든 작품이고, 다른 하나는 그의 제자 유대균이 만든 것이다. 신석필의 상반신을 본뜬 것으로 그가 세찬 바람을 맞으며 월남하던 당시의 이야기를 들려주는 동안, 불과 40분 만에 즉석에서 만든 것이다. 머리카락과 머플러가 휘날리는 모양은, 당시 찬바람을 맞으며 월남하는 모습을 되살려낸 듯 생동감을 준다. 신석필은 지금까지 펴낸 화집 앞부분에 이 작품 사진을 덧붙여 제자에 대한 애착과 자부심을 드러냈다.

신석필은 지금까지 작은 화집을 세 권 출간했다. 1950~1996년 사이의 작품들을 모은 것 두 권과 지난 1998년 모스크바 개인전 출품작들을 모은 것 한 권이 그것이다. 화집을 한 장 한 장 넘기면 따뜻한 색감으로 표현된 인물화와 풍경들을 만날 수 있다. 강하게 드러나는 원색이나 보색보다는 비슷한 톤의 색깔들을 함께 사용해 편안한 느낌이다.

그의 화집을 같이 넘겨보며 그의 화법(畵法)에 대한 질문을 던져본 적이 있다. "그림을 그릴 대상을 생각하고 나면 그것을 어떻게 표현할까 연구해. 자꾸 연구하다 보면 마음에 드는 형태를 찾아내게 되지. 너무 사실적인 것은 나와 맞지 않거든. 적당히 생략하고 추상화하려고 노력해. 오래오래 고민하고 연구에 연구를 거듭한 형태들이야."

그가 즐겨 써온 색채도, 표현해온 형태도 모두 오랜 연구의 산물이다. 신석필은 추상과 구상을 자유롭게 넘나들며 인물과 자연이라는 모티프에 천착해왔다. 그림은 주로 구체적인 묘사 없이 단순한 형상과 색감이 어우러져서 구성된다.

"내가 연구하는 거는 신구상 계열이거든. 실물을 다 보여주면 재미없잖아. 일부만 표현하고 보여주는 게 더 재미있어. 좋아하는 색? 삼원색을 응용해서 내가 직접 만든 이차원적 원색을 즐겨 써. 그게 약간 더 부드럽지. 예전엔 주로 원색 계열을 많이 썼는데 근래에는 채도를 낮춰 중간색을 그려. 사실도 연구하고 추상도 연구하고……. 연구해나가는 과정이 좋아."

신석필은 일평생 작품 활동을 활발히 했고 노년에도 수많은 작품을 발표했다. 일반적으로 노년의 다작들은 아무래도 젊은 시절의 기량을 따르지 못해 매너리즘에 빠지는 경우가 많지만, 반대로 오랜 인생의 관조에서 얻은 철학이 작품에 빛을 더하는 경우도 적지 않다. 우리 근대사를 온몸으로 살아온 신석필의 작품들은 후자에 속한다고 할 수 있다.

●●●●

"나 신석필이오. 개인전 자료 내러 왔소." 사무실 문을 불쑥 열고 들어선 노화가의 첫 마디였다. 2000년대 초반 신석필 화백과의 첫 만남으로 기억된다. 이후로 그는 팔십대 후반까지도 직접 자신의 개인전 자료를 갖고 다니며 홍보를 했다. 자그마한 체구, 황해도 사투리가 살짝 섞인 말투, 그리고 그의 성품이 드러나는 듯 밝고 맑은 화면……. 신석필 화백을 떠올리면 연상되는 것들이다.

미술평론가 김영동은 신석필 화백의 작품에 대해 "과거 상징적인 형상과 색감을 선호하던 구상적 재현은 노년으로 갈수록 더욱 순수한 추상적 미가 주도하는 비구상, 비대상 세계로 감각의 승화가 더 활발하고 생명감이 높아진다"고 평하고 있다.

그는 팔십대에도 국내외를 오가며 연간 서너 차례의 개인전을 열었고 본인이 참가하지 않는 전시라 하더라도 크고 작은 전시회 현장을 빠짐없이 찾아다녔다. 간혹 시내 전시장에서 자그마한 체구에 흰머리가 희끗한 신사가 작품을 가만히 들여다보고 있어 가까이 다가가 보면 어김없이 그였다.

그는 아흔을 넘긴 요즘도 여전히 붓을 놓지 않고 있다. 한 작품 한 작품을 완성해나갈 때까지 체력이 소진되는 것이 적지 않을 텐데 붓을 놓지 않는 이유를 물었다. "그림을 그릴 때가 제일 행복한데 왜 붓을 놓아?" 그는 그림을 그릴 때가 가장 행복하다고 했다. 그는 세월을 떠나 창작의 열정으로 살아가는 사람이다.

작곡은 건축과 같은 것
우종억
작곡가

"작곡은 건축과 같은 거예요. 오랜 시간 고민해 설계한 후 그 구상대로 지어나가는 거죠. 설계가 탄탄해야 좋은 곡을 쓸 수 있어요. 설계가 잘못된 건축물이 쉽게 무너질 수 있듯 구상이 잘못된 곡은 제대로 연주되지 못합니다. 우리나라 연주자들의 수준은 세계 정상급에 올랐다고 봐요. 이제는 창작에 힘을 쏟아야 해요. 음악 발전에 한 획을 긋겠다는 뚜렷한 목표의식이 필요합니다."

호기심 많은 한 소년이 있었다. 소년의 나이는 열 살 남짓. 악대부로 활동을 하던 형의 트럼펫 부는 모습이 너무나 멋져 보였다. 어느 날 형이 두고 나간 트럼펫에 살짝 입술을 대어 불어보았다. 형에게 들킬까 두려워서였을까, 음악가로의 길에 대한 저도 모를 예감 때문이었을까. 쿵쾅쿵쾅 가슴이 두근거렸다. 이 소년은 바로 작곡가이자 지휘자 우종억(1931~)이다.

그는 1950년부터 약 20년간 트럼펫 주자로 활약했고 대구시향 부지휘자와 상임지휘자를 거쳤다. 계명대학교 음악대학에서 1997년 정년 때까지 교편을 잡는 등 작곡과 지휘, 후진 양성 등 지역 음악계 여러 분야에서 초석을 놓았다.

대구시향 부지휘자와 상임지휘자를 역임한 것이 16년인 만큼 그는 지휘 분야에서 큰 업적을 남겼다. 한국지휘연구회를 창설했고 국내 최초로 계명대에 지휘전공 과정을 신설했다. 그렇지만 그의 역량은 작곡 분야에서 가장 크게 발휘됐다. 그는 1990년 영남작곡가협회를 창립했고 1991년에는 영남국제현대음악제를 창설했다. 2002년에는 세계음악사에 동양음악의 자리를 굳건히 구축하겠다는 취지를 내걸고 동아시아작곡가협회를 창립했다. 같은 해 동아시아국제현대음악제도 창설했다.

그가 지금까지 작곡한 작품은 50여 곡을 훌쩍 넘는다. 교향곡, 관현악곡, 실내악곡, 합창곡, 가곡, 오페라에 이르기까지 다양하다. 그의 곡들은 국내를 비롯해 일본, 미국, 호주, 폴란드, 독일, 러시아 등지에서 많은 교향악단에 의해 연주되고 있다.

음악가의 길에 서다

우종억은 1931년 경북 달성군 월배면에서 태어났다. 그가 처음 음악을 접한 것은 열한 살 때. 계성학교 악대부에서 활동하던 형이 집에 트럼펫을 갖고 와서 부는 것을 보게 됐다. "형이 트럼펫으로 도라지 타령을 연주하는데 그 음이 정말 좋더라고. 좋아 미치겠다는 생각이 들었어요. 내가 좋아하는 모습을 본 형이 연주법을 가르쳐줬지요."

졸업 후 형은 시내에서 '대구음악사'를 경영했다. 그는 대구상고에 진학하면서 형의 악기점에서 기거하며 학교를 다녔다. 덕분에 자연스레 여러 악기를 접해볼 수 있었다. 음악 가까이에서 생활하기는 했지만 처음부터 음악가의 길을 꿈꾼 것은 아니었다.

고등학교 시절 그는 국문학도를 꿈꿨다. 평소 국어시간을 좋아했고 국어선생이 그의 작문 실력을 인정해 서울대 국문학과로 진학을 권하기도 했기 때문이다. 그러나 그가 고등학교 3학년이던 1950년, 한국전쟁이 발발하면서 그는 전혀 다른 길을 걷게 됐다.

전쟁 통에 대학입시 자체가 불가능하게 된 것이다. 마침 육군군악학교가 부산에 있어 그는 육군군악학교 군악대 입대를 선택했다. 1951년부터 1955년까지 만 5년간 군생활을 했다. 군악대 시절은 그의 음악 활동에 커다란 영향을 미쳤다. 그는 군악대에서 트럼펫 연주자로 활동하며 이재옥(전 서울대 교수), 전봉초(전 서울대 교수), 양재표(전 KBS교향악단 첼로 수석), 이재헌(전 KBS교향악단 단원, 연세대 교수) 등 현재 한국음악계를 움직이는 우수한 인재들과 함께 생활했다.

군악대 활동을 하면서 수많은 곡을 연주했다. 그러다 보니 그 곡들이 어떻게 만들어지는지 궁금해졌다. 그래서 단원 중 화성악을 공부한 사람을 찾아 틈틈이 화성법을 배웠다. 그 결과 그는 군생활 중 행진곡 〈푸른 날개(blue wing)〉를 작곡할 수 있었다. 단순히 화성법만 아는 상태에서 곡을 만들 수 있었던 이유는 행진곡을 워낙 많이 연주하다 보니 곡을 읽는 순서가 익숙해졌기 때문이었다.

"행사 때 제 곡을 연주할 기회가 있었어요. 음악이 쫙 울려 퍼지는 순간, 마치 위대한 작곡가가 된 기분이 들어 정말 좋더라구요." 자신이 창작한 곡이 무대에서 객석으로 울려 퍼질 때의 감동은 느껴보지 않은 사람은 알 수 없을 것 같다. 그는 그때의 감동이 평생 잊지 못하는 기억으로 자리 잡았다고 했다.

제대 후 1956년, 집안의 권유로 대구대 상과대학에 진학했다. 그렇지만 그는 음악에 한창 재미를 들였던 터였다. 상과대학 공부가 적성에 맞

30대 초반 재즈밴드 활동을 하던 시절의 우종억

을 리가 없었다. 대학 재학 중이던 1957년, 대구시립교향악단의 전신인 대구교향악단 창단 멤버가 되어 활동을 시작했다. 그리고 틈틈이 경음악 재즈밴드를 결성해 미군부대를 돌며 연주 활동을 이어갔다.

결국 그는 1961년 계명대 종교음악과로 편입을 결정, 정식으로 작곡을 전공했다. 학창 시절에도 이기홍과 함께 교향악 운동에 힘을 쏟았다. 그 결과 1964년, 대구시립교향악단 창단 멤버로 이름을 올렸다.

평단원에서 상임지휘자가 되기까지

대구시향에서는 트럼펫 수석 주자로 활동하다가 1970년 부지휘자의 자리에 올랐다. 대구시향 부지휘자를 맡기 위해 그는 중요한 결정을 내려야 했다. 대학 재학 시절부터 이어오던 경음악 재즈밴드 활동을 그만둘 수밖에 없었던 것이다. 교향악단 연주자 생활만으로는 생계를 이어가기 힘들었고, 재즈밴드 활동에도 매력을 느꼈기 때문에 병행해오고 있던 터였다. 당시 클래식계는 재즈 같은 경음악을 하면 이단이라고 평가하던 풍토였기에 재즈밴드 활동을 그만둘 수밖에 없었다.

그는 십여 년간 재즈밴드를 이끌었던 것이 자신의 음악에 많은 영향을 미쳤다고 회고했다. "레퍼토리를 준비하기 위해 편곡을 많이 해야 했어요. 재즈밴드 시절 편곡한 곡이 백여 곡 넘을 겁니다. 밥만 먹고 나면 연주 준비를 해야 했지요. 또 틈틈이 고등학교 악대부를 지도하다 보니 자

대구시립교향악단 제14회 정기연주회에서 트럼펫 협연하는 모습

연스레 지휘법도 익히게 됐어요. 필요에 의해 실전에서 작곡과 지휘를 공부한 셈이지요."

대구시향 부지휘자로 한창 활동하던 1977년, 그는 일본 유학을 결심했다. 지휘라는 영역을 접하고 보니 전반적으로 음악 공부가 부족하다는 생각이 들었던 것이다. 일본에서 그는 도호가쿠엔음악대학에서 지휘를, 센조구가쿠엔음악대학에서 작곡을 공부했다. "도호가쿠엔음악대학 오자와 세이지 교수는 혼자 유명한 음악가가 되는 것보다 교육을 통해 인재를 길러내는 것이 음악계를 키우는 더 큰 일이라고 말했어요. 상당히 인상 깊은 말이었죠." 개인의 성공보다 우리나라 음악계를 키우는 교육에

힘을 쏟아야겠다는 생각이 확고해졌다.

2년간의 일본 유학을 마치고 돌아온 우종억은 1979년, 이기홍 대구시립교향악단 초대지휘자에 이은 제2대 상임지휘자의 자리를 맡게 됐다. 대구시향 평단원으로 시작해 부지휘자를 거쳐 상임지휘자에 이른 최초의 사례였다.

1979년부터 1986년까지 대구시향을 이끌면서 그는 한국음악계의 발전을 목표로 과감히 도전했다. 대구시향 정기공연 레퍼토리 선정을 위해 창작곡을 공모했다. 이 일은 대구음악사에서 획기적인 일로 기록된다. 창작곡 공모는 신진 작곡가들에게 창작곡 발표의 기회를 열어주는 일이기 때문이었다.

당시 국립교향악단, KBS교향악단에서 일 년에 한 차례 정도 창작곡을 연주하던 것이 고작이었다. 이런 분위기에서 지역에서 관현악곡 창작곡 공모를 시작한 것은 지역 음악계에 신선한 바람을 불어넣었다. 임주섭(영남대 작곡과 교수), 박기섭(대구교대 작곡과 교수) 등은 당시 창작곡 공모에서 발굴된 작곡가들로 현재 지역 작곡계를 주도하는 사람들이다.

그는 1986년 9월, 대구시향 상임지휘자에서 물러났다. 그는 그때를 인생에서 가장 힘들었던 기억으로 꼽았다. 지휘자 시절, 강하게 의욕을 앞세워 모든 일을 추진하던 중 단원들과 마찰이 생긴 것이다.

"정신적으로 많이 힘들었습니다. 단체는 의욕만 가지고 운영하는 게 아니라는 사실도 배웠습니다." 1964년 대구시향의 창단멤버로 시작해 만 22년간 대구시향과 음악만을 생각하며 열정적으로 뛰어다녔던 터라 충격이 적지 않았을 법하다.

작곡은 건축과 같은 것

대구시향을 떠난 그는 계명대 교수로서 후학을 가르치며 더욱 작곡에
매진했다. 바이올린 협주곡 〈비천〉(1992), 심포니교향곡 〈아리랑〉(2001),
관현악을 위한 〈백두산〉과 〈아리랑〉(2006), 〈트럼펫 협주곡〉(2006) 등을 잇
달아 발표했다. 그는 한동안 불교 사상에도 심취했다. 사람의 일생을 그
린 실내악곡 〈염불〉을 발표한 데 이어 〈피아노와 플루트를 위한 심음곡
(深音曲)〉을 발표했다. 탱화 '심우도(深牛圖)' 이야기에서 착안한 것이다.
즉 '심음(深音)', 소리의 도를 찾겠다는 것이다. 그의 곡은 전국 여러 음악
단체에서 레퍼토리로 인기리에 연주되고 있다.

"작곡은 건축과 같아요. 오랜 시간 고민해 설계한 후 그 구상대로 지어
나가는 거죠. 설계가 탄탄해야 좋은 곡을 쓸 수 있어요. 설계가 잘못된 건
축물이 쉽게 무너질 수 있듯 구상이 잘못된 곡은 제대로 연주될 수 없어
요."

우종억은 작곡의 과정을 건축물을 짓는 것에 비유했다. 오랜 세월이
흘러도 그 세월의 깊이만큼 깊은 맛을 낼 수 있는 곡이 되려면 제대로 된
구상단계를 거치는 것이 중요하다. 그 때문에 그는 국내에서 손꼽히는
작곡가 대열에 오른 후에도 곡을 쓰는 것이 조심스러웠다고 했다. 연륜

이 쌓일수록 더 조심스레 연구하고 노력했다.

그 결과물 중 하나가 2009년 발표한 오페라 〈메밀꽃 필 무렵〉이다. 이 작품은 그가 2006년 구상 이후 만 3년 이상 노력해 작곡했다. 무엇보다 팔순에 이른 노작곡가의 신작 오페라였다는 점에서 큰 관심을 불러일으켰다. 〈메밀꽃 필 무렵〉은 2009년 10월 구미문화예술회관에서 초연되었고, 같은 해 연말 제2회 대한민국오페라대상에서 창작부문 금상을 받았다. 초연 이후 수정 보완을 거쳐 2011년에는 서울 예술의전당에서 열린 제2회 대한민국오페라페스티벌에 초청되었다. 예술의전당 공연 때에는 그가 직접 지휘를 해서 화제를 모았다. 이 작품은 이후에도 전국 각지 갈라콘서트 무대에 오르는 등 대중성을 인정받는 창작오페라의 대열에 올랐다.

창작곡의 중요성에 대한 생각은 그의 음악 생애에서 큰 줄기로 자리하고 있다. 기존의 곡들은 해설과 음반이 나와 있어 연주하기에 부담이 없다. 반면 창작곡은 악보만 있을 뿐 모든 것이 지휘자와 연주자의 해석과 노력에 달려 있기에 큰 부담으로 다가온다. 그는 창작곡의 중요성을 자동차 산업에 빗대어 이야기했다.

"외제차 수입해서 타면 되지, 왜 국산차를 만들겠어요? 음악도 마찬가지예요. 좋은 우리 음악이 바탕이 된 상태에서 외국곡을 연주하는 것과 아무것도 없는 상태에서 무조건 외국곡을 연주하는 것에는 큰 차이가 있어요." 영향력 있는 음악단체에서 관현악곡 등의 창작곡을 선보여야 우리나라 작곡이 발전할 수 있다는 것이다.

이 같은 그의 생각은 계명대 교수로 재직하던 1984년 국내 최초로 음악과에 지휘 전공을 신설한 것에서도 확인할 수 있다. 외국 유학 가서 배울 때 배우더라도 우리나라에서 지휘를 전공할 수 있도록 하는 게 중요하다는 생각에서였다. 그는 연주자들이 '철학'을 갖추는 게 중요하다는 것을 거듭 강조했다. 후배들이나 제자를 보면 "너거 책 좀 읽나? 왜 음악을 하노?"라고 항상 물어본다.

"연주가 하드웨어라면 창작은 소프트웨어라고 할 수 있어요. 연주자들의 수준은 세계정상급에 올랐다고 봐요. 이제는 창작에 힘을 쏟아야 해요. 정명훈, 조수미 등이 우리나라 음악을 세계무대에서 연주하고 노래한다고 생각해보세요." 음악이 그저 좋아서 하는 것도 중요하지만 음악 발전에 한 획을 긋겠다는 뚜렷한 목표의식이 필요하다.

그는 근래 일 년에 두세 달을 호주 시드니에 머문다. 작품 구상을 하고 가족과 함께 시간을 보낸다. "예술은 길고 인생은 짧다는 말이 맞는 것 같아요. 요즘 시대 분위기가 나이 든 사람을 퇴물 취급하지만 예술은 힘이 없어도 머리로 할 수 있어요. 나도 젊을 때 60대쯤 되면 모든 걸 다 알겠네 했는데, 여든을 넘긴 지금 와서 봐도 끝이 없는 것 같아요."

전성기만큼 활발히 활동하지는 못하지만 자신의 작품이 연주되거나 창작곡 발표 무대에는 빠지지 않고 공연장을 찾는다. 대학교수, 지휘자, 작곡가…… 그는 자신의 이름을 장식하는 수많은 수식어 가운데 단 하나, '작곡가'로 남길 원한다고 했다. 오랜 시간 설계를 거쳐 쌓아올린 그

의 음악인생은 세상 어느 건축물보다 견고할 것이다.

●●●

깃을 세운 바바리코트, 멋스러운 정장, 단정히 빗어 넘긴 은빛 머리카락……. 연주회장에서 만나는 우종억 선생의 모습은 언제나 단정하고 멋스럽다. 음악과 함께 평생을 살아온 그에게는 세월의 흔적이 크게 묻어나지 않는다. 이처럼 멋지게 세월을 담아내는 외모로 남을 수 있다면 나이가 들어도 좋을 것 같다. 더구나 청장년기보다 더 멋지고 깊이 있는 작품을 발표하고 있으니 이상적인 노년이 아닐 수 없다.

한 사람을 제대로 알기 위해서는 그의 주변을 돌아보라고 했다. 팔공산 자락에 위치한 그의 전원주택 내부만 돌아봐도 그의 세심한 성격을 엿볼 수 있었다. 서재 한 면 가득 빼곡하게 꽂혀 있는 앨범, 악보, 각종 책과 자료들은 겉면에 하나하나 스티커가 부착되어 주요 사진과 내용, 연도별로 분류되어 있었다.

1940년대 학창 시절부터 최근의 음악 활동에 이르기까지 모든 자료들이 그곳에 모여 있는 것이다. 서재뿐만 아니라 집 한쪽에 별도로 마련된 공간에는 그가 각종 연주회 등으로 해외에 다녀올 때 모은 기념품들과 상패들이 가지런히 정돈되어 있었다. 오래 전 일본 어느 학자의 집에서 잘 정돈된 자료들을 보고 자료 정리의 중요성을 알게 되었다. "내가 이렇게

해 두면 젊은 후배들이 와서 보고 배울 거 아니에요?” 지금까지 여러 원
로 예술인들을 만나면서 자료 보관의 중요성을 체감했던 터라 선생의 꼼
꼼한 성격이 새삼 존경스러웠다.

문학과 사람이 그곳에 있었다

문학인 **윤장근**

"문학이 뭐겠어요. 인간에 대한 탐구 아니겠어요. 인간 존재 위에 삶의 빛, 생명의 빛을 던져주는 것이 문학이에요. 존재의 미로를 밝혀주는 빛이랄까. 문학은 '숙명' 같은 것이에요. 과거 수많은 문인들에 의해 빛나던 대구, 먼 세월 속에 잠겨버린 대구의 정서가 그리워요. 우리말의 아름다움을 잘 살린 옛 시인들의 시어들, 그 말을 후려치는 아찔함과 황홀함이 그리워요."

"문학은 숙명이었다." 희수(喜壽)를 앞둔 원로 문학인 윤장근(1932~)이 지난 세월에 대한 감회에 젖어 털어놓는 말이다.

그는 '대구문화사, 최후의 증인', '걸어다니는 문학사전'이라고 불린다. 그도 그럴 것이 그는 해방 전후 활동한 문인들의 활동을 훤히 꿰고 있고, 잡지 초간본 등 희귀 자료들을 다량 소장하고 있다. 이외에도 그의 이름 앞에 붙는 수식어는 적지 않다. 소설가, 죽순문학회 전 회장, 이상화기념사업회 회장……. 이 수많은 수식어들을 모두 모아 정리할 수 있는 단어는 단 하나, 그는 '문학인'이다.

"문학이 뭐겠어. 인간에 대한 탐구 아니겠어. 인간 존재 위에 삶의 빛, 생명의 빛을 던져주는 것이 문학이다. 존재의 미로를 밝혀주는 빛이랄까." 그는 문학을 '숙명'이라고 했다. 하고 싶다고 할 수 있는 것이 아니고 하기 싫다고 그만둘 수 있는 것이 아니다.

윤장근은 지하에 서재를 만들어 수많은 자료들을 보관하고 있었다. 자택을 찾는 사람들을 항상 지하 서재로 데리고 내려가곤 했다. 그가 일평생 국내외 헌책방 등지를 다니며 모은 자료들이다. 그는 2011년, 큰 결심을 했다. 서고를 정리해서 향토문학관에 9백여 권의 자료를 기증한 것이다. 중앙도서관에는 일본어로 된 책 132권을 기증했다. 향토문학관은 그의 노력으로 2002년 서부도서관 2층에 만들어진 곳이다. 현재 향토문학관 한쪽에는 '윤장근 기증 도서' 코너가 있다. 이제 그의 자택에는 일본어로 된 문고판 책들과 향후 지어질 대구문학관을 위해 남겨둔 몇 권의 애장본들만이 남아 있다.

소설가를 꿈꾸다

마치 숙명처럼 자료를 모으고 글을 썼다는 윤장근. 1932년 대구에서 태어난 그는 초등학교 때 사업을 하던 아버지와 함께 서울로 올라간다. 열아홉이 되던 1951년, 1·4후퇴 무렵 다시 고향으로 내려왔다. "일제시대 때 우리말 교육도 제대로 못 받았고 전쟁의 참상까지 생생히 목격했지……. 도대체 내가 무엇을 하고 살아야 할지를 모르겠더라구." 시대도 혼란스러웠고 그 혼란기를 살아가던 개인도 삶의 방향을 찾기 힘든 시절이었다. 그도 혼란스러운 청년기를 보냈다.

그저 책이 좋아 무작정 책이 있는 곳을 찾아다녔다. 그는 헌책방을 찾아다녔던 일을 '순례'라고 불렀다. 마치 종교인들이 성지를 순례하듯 헌책방을 다니며 자료를 모았다. "별의별 책을 다 구했어요. 해방 직후부터 중요한 자료들을 다 모았지. 『아동』 창간호 봐요. 윤복진의 글들……. 이건 『문장』 폐간호야. 이상화 시가 보이지."

주인을 떠나 헌책방을 떠돌아다닌 책들에는 저마다의 사연이 있다. 그의 손에 들어오기까지 책마다 그 이야기가 얹혀 있다. 경제적으로 빠듯한 살림살이였지만 용돈이라도 조금 생길라치면 책과 자료를 사 모았다.

"난 역마살 같은 게 있었나 봐. 책 구하러 다니지 않으면 향촌동 나가서 돌아다녔지, 거의 매일 나가다시피 했지. 덕분에 명망 있는 문인들과 어울릴 수 있었어. 돌아보면 숙명적이었던 것 같아." 예술가라면 누구나 자신의 작품을 알아주면 쉽게 마음을 연다. 더구나 영혼의 코드가 맞는 사람을 만나면 더 이상 설명은 군더더기가 될 뿐이다.

자료를 모으며 책을 수집하며 동시대 문인들의 작품을 읽어낸 윤장근은 오상순, 조지훈, 최태웅, 구상 등 기라성 같은 선배 문인들과 자주 어울렸다. 그들의 책을 다 읽었기 때문에 그들에 관한 지식이 있었고, 그래서 교류가 가능했다. 책을 통해 그들의 생각을 읽었으니 교감은 자연스레 이어졌다.

너나할 것 없이 어렵던 시절이었다. 주머니가 비어 있어도 푼돈이라도 마련해 막걸리를 끼니처럼 마시며 문학과 인생을 배웠다. 녹향과 르네상스음악감상실, 백록과 백조다방……. 향촌동에는 예술이 있고 낭만이 있었다. 그리고 '사람'이 그곳에 있었다.

그는 소설가를 꿈꿨다. 첫 소설집 『돌아온 사람』을 펴낸 것은 1967년. 전쟁의 아픔을 증언하고 있는 작품들을 묶었다. 그는 "전쟁터에 짓밟힌 내 젊음은 마치 숭숭 뚫린 허파와 같이 허탈하고 엉성한 청춘이었다"고

尹章根 小說集
먼북소리
尹章根
돌아온 사람
尹章根 創作集

후기에서 고백하고 있다. 이후로 30년의 세월을 두고 1996년 두 번째 소설집『먼 북소리』를 펴냈다.『먼 북소리』는 주로 죽음이란 주제를 다루고 있다. 그는 발간사에서 그 이유를 "내가 그리려는 것은 죽음의 객관화라 하겠다. 나로선 죽음의 깊숙한 심연을 들여다보고 싶었던 것"이라고 설명했다. 그 사이 산문집『산성의 바람소리』도 묶어냈다.

"시집은 열 권씩도 내지만 소설집은 그렇게 잘 안 된다. 1920, 30년대 태어나서 50년대 활동한 우리 세대는 어릴 때 일제를 경험했다. 해방 이후에는 좌우 대립, 6·25전쟁 혼란기 등 비통한 시대를 겪었다. 어릴 때 모국어 공부를 옳게 하지 못해서인지 모국어 세대와는 다른 어떤 한계가 있다."

윤장근은 격동기를 살아온 자신이 마치 귀향지 없이 떠내려가는 배처럼 느껴졌다고 했다. 여러 가지 한계 상황을 겪지 않을 수 없었다. 그는 스스로가 속한 세대를 '비극의 세대, 미완성의 세대'라고 정리했다.

"이런 각박한 상황 속에서 문학이란 것이 어떤 역할을 하나, 도대체 문학이라는 것이 무엇이고 나에게 어떤 작용을 하나, 무엇이냐는 의문에 부딪힌 것이 한두 번이 아냐. 포기하려는 생각이 매일같이 들다가도 포말처럼 꺼지기도 하고……. 의식이 방황하는 악조건 속에서 살아왔단 말이지. 그 후유증이 지금까지도 끈질기게 달라붙어 있어."

그는 시인 구상을 자신이 가장 존경하는 문인으로 꼽았다. 정치와 예술 사이에서 수많은 유혹이 있었음에도 순수한 예술 세계를 고집한 선생의 정신을 '존경'하기 때문이다. 그는 근래 근본 없이 언어를 희롱하는

'가짜'들이 문인 행세하는 것이 못마땅하다고 했다.

"과거 수많은 문인들에 의해 빛나던 대구, 먼 세월 속에 잠겨버린 대구의 정서가 그리워요. 우리말의 아름다움을 잘 살린 옛 시인들의 시어들, 그 말을 후려치는 아찔함과 황홀함이 그리워요."

문학사 정리에 앞장서다

수많은 자료를 기증했음에도 아직도 그의 집에는 사람들의 발걸음이 끊이지 않는다. 기자, 공무원, 문학인, 향토사 연구자 등 다양한 사람들이 그를 찾는다. 그가 수집한 자료들이 가치 있기도 하고, 또 비상한 기억력을 가진 그의 증언이 필요하기도 해서다. 그는 일평생 만난 사람의 이름, 읽은 책, 행사의 연도 등 각 분야에서 세세한 부분까지도 기억하고 있다. 특히 문화예술 분야에 관심이 집중되어 있다. 그는 그저 애정이 있으면 자연스레 기억하게 된다고 했지만 진정으로 문학과 인간을 사랑하기에 가능하지 않을까 싶다.

그는 작고 문인들의 시비 건립운동에도 앞장섰다. 현진건문학비를 비롯해 민족시인 백기만, 이윤수, 이설주, 이상화, 구상 등 작고 시인들의 시비를 세웠다. 죽순문학회 회장직을 맡아 십 년간 문학회를 운영했다. 죽순문학회는 1946년 해방 이후 국내에서 최초로 생긴 순수 문학 동인. 초대 회장 이윤수 회장이 타계한 1996년 이후 윤장근이 문학회를 이끌었고 상화시인상을 운영했다. 2001년 이상화 탄생 100주년과 2002년 백기만 탄생 100주년을 맞아 특별전을 열고 문집을 발간했다. 2008년부터는 이상화기념사업회 회장을 맡고 있다. 올해로 27회를 맞은 상화시인상의 위상이 전국 규모로 높아진 것도 모두 그의 노력이 있었기에 가능한 일이었다.

"공론에만 그치고 실천이 없는 것은 가치가 없어. 이상화는 실천의 시인이지. 관념적인 언어의 유희보다 실천을 중시하는 문인으로는 상화 시인이 그 일인자야. 일제 탄압이 가장 치열했을 때. 목숨을 아끼지 않고 43년 짧은 생애를 던질 수 있었던 용감한 사람, 역사를 자기 눈으로 정확하게 보고 돌진해 들어간 용맹한 사람이 상화야. 시가 없어도 상화는 자립할 수 있어. 인간으로서도 허물이 없는 분을 우리 고향에서 가졌다는 것은 행복한 일이야."

윤장근에게 이상화는 자화상, 분신 같은 사람이다. 이상화의 후손보다도 그와 그의 일가에 대한 것을 더 많이 알고 있다. '애정'이 있기 때문이다. 현재 상화고택은 대구 중구 계산동에 위치하고 있고 이곳에 이상화기념사업회 사무실이 있다.

그는 평생 모아온 향토 문인들에 대한 자료를 정리해 지난 2010년에는 『대구문단인물사』(대구서부도서관)를 펴냈다. 이상화, 현진건, 백기만, 이장희, 이육사 등 문인 열아홉 명의 발자취를 조명한 책이다.

문학의 바다에 빠지다

"문학의 바다에 잠기려면 술을 빼고는 공감대를 형성하기 힘들다." 그는 술을 좋아했다. 향촌동에는 가보지 않은 술집이 없었고 기자들과도 술자리에서 인터뷰했다. 그렇지만 2009년, 술을 끊었다. 일평생 혹사당한 몸이 그에게 휴식을 청했기 때문이다. 먼저 눈에 신호가 왔다. 망막이 상해서 몇 차례 수술을 받아야 했다. 그리고 파킨슨병이 찾아왔다. 다행히 약간의 손 떨림, 낮아진 목소리를 제외하고는 아직 큰 불편함은 없다.

오랜 세월 되새기고 증언하는 역할을 해왔던 터라 향토사와 문단에 대

대구서부도서관 향토문학관 내 윤장근문고 코너

한 기억은 그대로이다. 간혹 마음과는 달리 사사로운 것을 잊을 때가 있어 속상할 때도 있다. "인생은 풀잎에 떨어지는 이슬 같아. 이제 석양에 다다랐는데 할 일은 많고……."

자주 피로를 느끼는 몸이 예전만 같지 않지만 그는 글 쓰는 것을 게을리 하지 않고 있다. 근래 발행처를 달리해 발행을 시작한 계간지 『문장』에 몇 년째 원고를 쓰고 있다. 2011년 봄에는 『펜문학』에도 단편을 실었다. 조만간 『대구예술』을 비롯한 지역 문예지와 지역 신문에 투고한 글들을 모아 책을 묶어낼 계획이다. 『대구 풍토 한 세기』는 원고와 목차가 정리되어 곧 출판을 앞두고 있다. 문예지에 연재한 문화재 이야기를 묶어 준비하고 있는 책은 『다시 보는 문화유산』이다. 그의 안방에는 원고를 정리한 스크랩북이 차곡차곡 쌓여 있다.

『대구 풍토 한 세기』를 펴내는 데는 남다른 이유가 있다. 그간 지역 자치단체와 언론, 시민단체 등이 풍토사를 정리하는 작업을 기울였고 그 과정에 도움을 줬지만, 직접 체계적으로 다시 정리할 필요를 느꼈기 때문이다. 대구시 중구청과 함께 향촌동에 '이중섭이 즐겨 가던 다방', '구상이 술을 마신 술집' 등 자세한 설명을 곁들인 표지판을 세우기도 했다.

"골목, 향토사 정리를 잘하고 있지만. 과하면 미치지 못한 것도 있다 싶을 때가 많아. 대구시민들이 따라오지 못하는 것도 문제야. 대구가 왜 이렇게 감흥도 없는 도시가 됐는지 모르겠어. 그런 의미에서 풍토사를 새로이 정리할까 해."

수시로 이어지는 사람들의 방문이 귀찮을 법도 한데 그는 아직도 많은 사람들이 자신을 필요로 하고 찾아주고 있어 고맙다고 했다. 문득 홀로 돌아서서 어머니의 '18번'이자 젊은 시절부터의 애창곡 〈낙화유수〉를 조용히 읊조린다. 마치 자신이 지나온 생을 음률에 실은 듯 낮고 조용하지만 페이소스가 있다.

"이 강산 낙화유수 흐르는 봄에 새파란 잔디 얽어 지은 맹세야. 세월에 꿈을 실어 마음을 실어 꽃다운 인생살이 고개를 넘자."

도대체 윤장근 선생의 기억력의 한계는 어디까지일까. 가끔 그를 만날 때마다 깜짝 놀라곤 한다. 문학관계자뿐만 아니라 향토사 증언 등의 명목으로 만나는 행정관료, 언론인 등의 숫자가 한둘이 아닐 텐데도 그는 '언제, 어디서, 누구를' 만났는지 빠짐없이 정확하게 기억한다. 그는 단순히 '관심'에서 비롯되었다고 하지만 그의 기억력은 비상하다고 할 만한 것이다. 젊은 날의 취미에서 출발한 것이었을지라도 그가 수집한 수많은 자료들은 변변한 자료가 정리된 적이 없는 향토사에 큰 역할을 해내고 있다.

윤장근 선생이 '향토사' 기록 보존을 강조하기 시작한 지도 십 년이 훌쩍 지난 것 같은데 아직도 우리 문화예술계에는 변변한 자료 보존 장치 하나 준비되어 있지 않다는 것이 안타깝기만 하다. 윤장근 선생은 이미

대부분의 자료들을 기증했고, 또 몇몇 아끼는 자료들을 가려 뽑아 고이 간직하고 있다. 문학관이 제대로 지어지고 운영되면 그 자료들을 기증하겠다는 선생의 뜻이 하루 빨리 이루어지길 바란다.

1960년대 교향악 운동을 기억하라

이기홍

대구시립교향악단 초대 지휘자

"1950년대에서 1960년대로 이어지던 시절 대구의 음악계는 교향악 운동이 있었다. 교향악 운동으로 대구시립교향악단의 창단이라는 큰 결실을 이루어냈다는 사실은 음악사에 길게 남을 큰 업적임에 틀림없다. 모든 사람들이 사심 없이 열심히 뛰어다녔기 때문에 가능했다. 당시 교향악 운동에 뛰어든 모든 사람들은 어떠한 금전적인 대가를 바라지 않았다. 오로지 '음악이 좋다'는 이유 하나로 함께할 수 있었다. 그들은 청중이 있다는 사실만으로도 행복했다. 대구시립교향악단에는 교향악 운동을 하면서 오로지 음악 발전을 위해 헌신한 수많은 음악인들의 영혼이 깃들어 있다."

지휘자의 손끝에 맞춰 수십 명의 연주자들이 한 무대에서 호흡을 맞춰 연주를 한다. 한 명, 한 명 연주자들의 소리가 모여 마치 공기처럼 지휘봉을 따라 빨려들어갔다가 강하게 뿜어져 나와 객석을 울린다. 관객들도 그 공기의 흐름을 타고 호흡을 멈췄다 내뿜는다. 교향악단의 연주회는 음악회 가운데 단연 최고의 자리를 차지한다.

현재 국내에 많은 교향악단이 활동하고 있다. 하지만 국공립 교향악단 가운데 세 번째로 긴 역사를 자랑하는 교향악단이 바로 대구시립교향악단이라는 사실을 아는 사람은 많지 않다. 1964년 창단된 대구시립교향악단은 고려교향악단(서울시향의 전신)과 부산관현악단에 이어 국내에서 세 번째로 긴 역사를 자랑한다. 2014년이면 창단 50주년을 맞으며 한국음악사의 한 획을 긋는다. 대구시립교향악단의 창단을 이끈 주인공이 바로 지휘자 이기홍(1926~)이다.

그는 한국전쟁 후 문화예술의 불모지였던 대구에서 1950년대 후반부터 교향악 운동의 씨앗을 뿌리고 터전을 다졌다. 교향악 운동의 가장 큰 결실이 바로 대구시립교향악단이다. 그는 창단 후 초대 지휘자로서 1979년까지 15년간 상임지휘자를 맡았다. 대구시립교향악단의 창단과 초기 역사는 이기홍과 함께 시작한 것이다.

"지금 생각해보면 어디서 그런 열정이 솟구쳤는지 모르겠어요. 물불을 가리지 않고 뛰어다녔던 것 같아요." 그는 교향악 운동에 몸담았던 지난날을 '열정만으로 살아왔던 세월'이라고 회고했다.

음악에 미치다

그는 1926년 경북 영천시 금호의 부유한 가정에서 5남매 중 막내로 태어났다. 그의 집에는 축음기가 있을 정도로 부모님이 늘 음악을 가까이 했다. 형이 일본 도쿄음악대학에서 성악을 전공했고 매형이 바이올린을 켰다. 가족 모두가 음악에 조예가 깊었기에 그는 일상에서 음악을 접할 기회가 많았다. 그가 음악가를 꿈꾸게 된 것은 자연스러운 일이었을지도 모른다.

사춘기 시절, 한참 클래식 음악에 매료되었던 그는 레코드판을 사기 위해 주말마다 기차를 타고 금호에서 대구를 왕복하기도 했다. 그가 바이올린을 처음 시작한 것은 열세 살 때였다. 우연히 레코드판으로 들어본 바이올린의 음색이 어린 마음에도 너무나 아름답게 느껴졌던 것이다. 바이올린의 기초는 매형에게서 배웠다. 고등학교 재학 시절에는 경주예술학원을 다녔다.

부모님도 처음에는 취미로 음악을 하는 것이라 생각했기에 흔쾌히 뒷받침해줬다. 그런데 막상 대학에서 전공을 음악으로 선택하려 하니 큰 반대에 부딪쳤다. 열아홉 살 때 아버지가 돌아가신 후 아버지를 대신하던 형은 그가 법학이나 의학을 전공하기를 바랐다. 그렇지만 음악이 마냥 좋았던 그는 이미 음악을 전공하기로 마음을 굳힌 터였다. 그는 서울대 음악대학에 원서를 내고 합격통지서를 받았지만 형에게는 법대에 지원했다고 거짓말을 했다.

입학 후에도 형을 속이며 학교를 다녔지만 얼마 못 가 거짓말이 들통이 나고 말았다. 노발대발한 형은 전공을 바꾸지 않으면 학비를 줄 수 없다는 말과 함께 금전적인 지원을 끊어버렸다. 그는 이후 3년 이상을 어머니가 몰래 챙겨주시는 돈과 아르바이트를 해서 번 돈으로 학비와 생활비를 충당해야만 했다. 그의 상황을 들은 지도교수(당시 서울대 박민종 교수)가 형을 설득하는 편지를 써 보냈다고 했다. 편지를 받고도 고집을 꺾지 않던 형은 서울까지 와서 지도교수를 만난 후에야 그의 전공을 인정해주었다.

"음악이 그저 좋았어요. 집에서 원하는 공부를 하면 경제적으로도 여유롭게 공부할 수 있었는데 몇 년씩이나 부모 형제를 속이고 그렇게까지 할 수 있었던 것은 아무래도 음악에 미쳤기 때문이 아닐까요."

1950년 서울대학교를 졸업하던 해 서울교향악단에 입단했으나 곧 한국전쟁이 발발했다. 그는 전쟁을 피해 대구로 내려와 있다가 가두모병으로 입대해 전공이 음악이라 밝히고 해군정훈음악대로 배치받았다. 입대하자마자 인천에서 부산까지 배를 타고 이동했다. 그는 평생 그렇게 오래 배를 탄 것은 처음이자 마지막이었을 것이라고 회상했다. 전쟁 중이라 모든 것이 불안했던 시절이었다. 그는 배 안에서 긴 시간을 보내는 동안 예술과 인생에 대한 고민을 많이 했다. "바이올린 연주자가 과연 내가 가야 할 길인가에 대한 고민도 많이 했어요. 음악가로 살아가기 위한 인생 설계를 했다고 볼 수 있겠지요."

그는 해군정훈음악대에서 지휘자로 활동하던 김성태 서울대 교수를 만났다. 그에게서 작곡과 지휘에 대한 기초 지식을 배울 수 있었다. 그리고 때마침 해군정훈음악대가 서울시향을 인수했다. 전쟁 때문에 서울시향에서의 활동을 접어야 했던 그의 꿈이 간접적으로나마 실현된 셈이다. 당시 지휘자 김생려와 악장 김민종에게 많은 것을 보고 배웠다. 해군정훈음악대는 유엔군 위문공연을 비롯해 각종 위문공연에 주력했다. 그의 군 생활은 휴전과 동시에 끝이 났다.

교향악 운동에 헌신하다

휴전 후 그는 대구에서 교편을 잡았다. 대구여중, 능인중, 경북여고를 거쳐 효성여대, 영남대에서 강사로 활동했다. 그가 교향악 운동에 본격적으로 뛰어든 것은 능인중 재직 시절부터였다. 1950년대 대구는 전쟁의 상처를 수습하느라 문화예술에 관심을 기울일 여유가 없었다. 당시 클래식 음악은 교회 등의 종교기관에서 펼쳐지는 행사들이 전부일 정도로 열

악했다.

그럼에도 그는 합주 형태의 기악 운동을 펼쳐보고자 바이올린 제자들을 중심으로 '대구현악회'를 창단했다. 대구현악회의 창단으로 그의 지휘 활동도 함께 시작됐다. 대구현악회의 창단 공연은 1957년 6월 2일 청구대학(영남대학교 전신) 강당에서 열렸다. 연주곡은 모차르트의 현악 합주곡 세레나데 〈아이네 클라이네 나하트 무지크〉와 포스터의 〈접속곡〉(안종배 편곡) 등이었다. 이날 연주의 반향은 대단했다. 언론에서도 대서특필했고 대구에서도 교향악 연주단체의 활동이 가능할 것이라는 여론이 형성됐다.

이것은 당시 소수에 불과했던 대구음악인들에게 큰 용기를 불어넣어 주었다. 그는 지역 음악인들의 지지 아래 대구현악회에 목관악기와 금관악기 파트를 추가해 '대구교향악단'으로 탈바꿈시켰다. 대구교향악단의 창단 공연은 1957년 12월 19일 키네마극장에서 열렸다. 이 공연에는 당시 대구에서 활동하던 거의 모든 연주자들이 연주에 참가했다고 해도 과언이 아니었다. 공연은 성황리에 막을 내렸다.

그러나 변변한 예산이 없던 시절이었다. 연주를 위한 후원금을 마련하기도 어려웠던 터라 재정난을 겪다가 관현악단만을 남겨 대구관현악단으로 개편, 운영했다. 대구관현악단의 창단 공연은 1958년 10월 6일 키네마극장에서 열렸다. 당시 단장은 후원자였던 하영수가 맡았다. "그의 재정적 후원이 없었다면 교향악 운동은 힘들었을 거예요. 그가 지속적으로 후원해줬기에 대구관현악단이 존립할 수 있었어요."

대구교향악단 창립기념 연주회 팸플릿

대구시립교향악단 창립공연 팸플릿

대구현악회 창단공연 연습 장면

그는 대구관현악단 시절 가장 기억에 남는 공연으로 1962년 제1회 신라문화제 축하공연을 꼽았다. 공연 후 참석자들과 당시 박정희 국가재건최고회의 회장으로부터 큰 격려를 받았다.

그의 열정과 대구관현악단의 활발한 활동은 지역사회에 교향악단이 필요하다는 공감대를 형성했다. 당시 대구방송국 사장이었던 한남석 등을 설득해 대구방송관현악단 창단을 이끌어냈다. 대구방송관현악단은 대구방송국 공개홀 KG홀을 공연장으로 활용할 수 있었다. 한남석 사장이 단장을 맡고 이기홍이 지휘를, 바이올리니스트 안종배가 악장을 맡았다. 1963년 2월 20일 KG홀에서 창단공연이 열렸다. 창단공연에 대한 격려와 반향은 대단했다. 작곡가 안익태를 비롯해 지휘자 번스타인, 피아니스트 루빈스타인, 첼리스트 카잘스, 피에르 몽토, 유진 오만디 등 세계 유명 연주자들로부터 축전이 이어졌다.

연주를 성황리에 마치고 박수를 받는 지휘자가 느끼는 감동을 그 누가 쉽게 짐작할 수 있을까. 그는 지금도 그 축전들을 봉투째 고이 간직하고 있다.

대구현악회와 대구교향악단, 대구관현악단, 대구방송관현악단 등을 거치며 교향악 운동을 활발히 펼친 그의 노력은 1964년 6월 마침내 그 결실을 맺었다. 대구시립교향악단이 창단된 것이다. 그 무렵 우리나라의 공립 교향악단은 고려교향악단과 부산관현악단뿐이었다. 대구시향은 공립교향악단으로는 국내 세 번째로 창단된 것이다. 창단 정기연주회는 12월 1일 열렸다.

1950년대에서 1960년대로 이어지던 시절 대구의 음악계에는 교향악 운동이 있었다. 이기홍과 대구음악인들이 교향악 운동으로 대구시립교향악단의 창단이라는 큰 결실을 이루어냈다는 사실은 음악사에 길게 남을 큰 업적이다. "나와 함께, 나보다 더 열심히 불철주야로 뛰어다닌 사람이 바리톤 이점희 선생과 작곡가 김진균 선생이었어요. 모든 사람들이 사심 없이 열심히 뛰어다녔기 때문에 가능했습니다."

당시 교향악 운동에 뛰어든 모든 사람들은 어떠한 금전적인 대가를 바라지 않았다. 오로지 '음악이 좋다'는 이유 하나로 함께할 수 있었다. 그들은 청중이 있다는 사실만으로도 행복했다. 대구시립교향악단에는 교향악 운동을 하면서 오로지 음악 발전을 위해 헌신한 수많은 음악인들의 영혼이 깃들어 있는 것이다.

끝없는 도전

대구시립교향악단이 창단되고 이기홍이 상임지휘를 맡은 지 2년째 되던 1969년. 그는 돌연 오스트리아로의 유학을 결심했다. 학창 시절 익혔던 지식과 연주생활을 통한 경험만으로는 오케스트라를 지휘하기에 부족하다고 느꼈던 탓이다. 다행히 오스트리아 빈 국립음악원에서 입학허가를 받았다. 그런데 집안에서 반대를 하는 음악을 계속해왔던 터라 유학비용 지원을 기대할 수는 없었다. 그는 아끼던 바이올린을 팔아 유학비용을 마련했다. 부족한 돈은 살고 있던 집을 담보로 빌렸다.

당시 오스트리아 빈 국립음악원에 동양인이라고는 이기홍과 일본인, 인도인 단 세 명뿐이었다. 어떻게 해서 떠난 유학길이었던가. 뭐든 열심히 배워야 했다. 독일어에 능숙하지 못했던 그는 수업 전 과정을 녹음한 후 방과 후에 한국인에게 들려주어 다시 설명 듣는 과정을 반복했다. 음악용어가 주로 사용되어 대부분의 내용은 알아들을 수 있었지만 미흡한 부분이 없도록 하기 위해 선생은 이 방법을 병행했다.

수업과 통역을 반복해서 듣기를 8개월, 이제 수업 내용을 별 무리 없이

1969년 대구시향 부산MBC 초청공연 장면

이해할 수 있었다. 어렵게 선택한 유학의 길이었기에 남들보다 잘 해내야 한다는 부담과, 한번 시작한 것은 끝까지 확실하게 매듭 짓는 선생의 고집이 있었기에 가능했던 일이다. 그는 1969년 9월부터 1971년 2월까지 유학과정을 마쳤다.

대구에 남아서 보따리장사로 생계를 유지했던 부인이나 타향에서 힘들게 공부한 선생 모두 힘들었던 과거가 이제는 자랑스러운 기억이 되었다. 부인은 자식들을 남부럽지 않게 키워냈기에 당당하고, 이기홍은 대구시향 지휘자로 부끄럽지 않게 활동할 수 있었기에 만족한다.

"그러다 젊은 시절 다 보냈지요. 지금 생각해보면 고생이라고 할 것도 못 돼. 후회도 없어. 사람이면 누구나 잘할 수 있는 게 있잖아요. 나도 내

1969년 오스트리아 빈 유학 시절
한스 스바로브스키 교수와 함께

가 잘할 수 있는 일을 선택해서 추진했던 것뿐이야. 모든 음악의 연주 형태가 한 자리에서 어우러지는 교향곡의 묘미가 내 생을 이끈 셈이죠."

그는 항상 현재에 안주하지 않고 보다 나은 지휘자가 되기 위한 끊임없이 노력했다. 그 노력은 그가 15년이라는 긴 세월 동안 대구시향을 이끌 수 있도록 했다. 그는 1979년 10월 대구시향 상임지휘자 자리를 떠났고, 바로 그 달 부산시립교향악단 상임지휘자 자리에 초청되었다. 대구에서 교향악 운동을 주도한 그의 역량을 높이 사 부산시향의 기틀을 마련하고자 그를 초청한 것이다. 부산시립교향악단에서는 2년간 상임지휘를 맡았다. 이때의 부산행 이후 그는 부산 경성대학교 교수직을 맡아 1997년

퇴임 때까지 부산에 머물렀다.

그를 객원지휘자로 초청한 곳이 많았다. 1969년 서울시향, 1977년 광주시향, 1978년 싱가포르교향악단, 1979년 타이완교향악단, 1989년 일본 교토에스뿌와르관악대를 지휘했고, 이후 서울심포니오케스트라, 울산시향 등 국내외 유수의 오케스트라를 객원지휘했다.

1997년 경성대를 정년퇴임한 이후로는 간간이 객원지휘 활동을 하며 후학들의 연주 현장을 찾아가 격려하곤 했다. 그는 열심히 연주에 임하는 연주자들을 보면 흐뭇하기 그지없다고 했다. 그렇지만 과거에 비해 공연장 분위기가 영 마음에 차지 않는다고도 했다. 1960, 70년대 공연장에는 클래식에 관심이 있는 관객들이 모였다. 400여 명이 입장 가능한 KG홀에서 공연을 열면 매 공연마다 좌석이 거의 다 찼다. 요즘은 공연이 워낙 많기도 하겠지만 공연장을 찾는 관객들의 마음가짐도 예전과 사뭇 다르게만 보인다. 그는 요즘 음악회에는 애호가뿐만 아니라 음악을 전공하는 사람들조차 찾아보기 힘들다고 지적했다.

이제 2014년이면 대구시향이 창단 50주년을 맞는다. 50년 전과 지금은 큰 변화를 겪었다. 경제 상황도 많이 좋아졌고 연주자들의 음악 환경도 향상됐다. 대구시향 단원 숫자도 백 명에 육박한다. 활동 무대도 국내외를 넘나들 정도로 확장됐다. 비약할 만한 변화가 있었고 앞으로 그 변화는 더 이어질 것으로 기대된다. 대구시향은 지역 음악계에서 든든한 기둥과 같은 존재다.

　여기서 우리가 다시 기억해야 할 점은 지금의 대구시향이 '저절로' 있어진 것이 아니라는 점이다. 전쟁 후 불모지와 같았던 지역에서 음악을 통한 사회 운동을 앞장서서 이끈 음악인들의 노력이 없었다면 현재와 같은 음악 환경은 상상할 수도 없을 것이다. 수년 전 이기홍이 지역의 한 매체에 기고한 글의 제목을 인용해본다. "1960년대 교향악 운동을 기억하라, 그 시절 음악인들의 영혼이 아직도 살아 숨 쉬고 있음을 기억하라."

- - -

　이기홍 선생이 살고 있는 곳은 대구 북구 복현동의 한 아파트이다. 지난 1997년 부산에서의 교직생활을 마치고 대구로 돌아온 이기홍 선생 부부는 칠곡에 사는 아들과 외지에 사는 딸이 다녀가기 쉬운 곳이라는 이유로 이곳에 자리를 잡았다.

　선생과의 첫 인터뷰는 2002년 여름이었다. 첫 만남에서 그는 고이 접어 보관한 포스터 한 장을 조심스레 꺼내 보였다. 접힌 부분이 조금씩 찢겨 있고 누렇게 빛이 바랜 그것은 다름 아닌 대구현악회 창립공연 포스터였다. 대구현악회는 대구시향의 전신이라고 할 수 있는 단체이다. 당시 능인중학교에 재직 시절, 그의 동료교사이자 서양화가 고 백태호 선생이 손수 글씨를 쓰고 색을 칠했다. 선생이 보관하고 있는 것은 당시 제작되었던 30여 장 가운데 유일하게 남은 것이다.

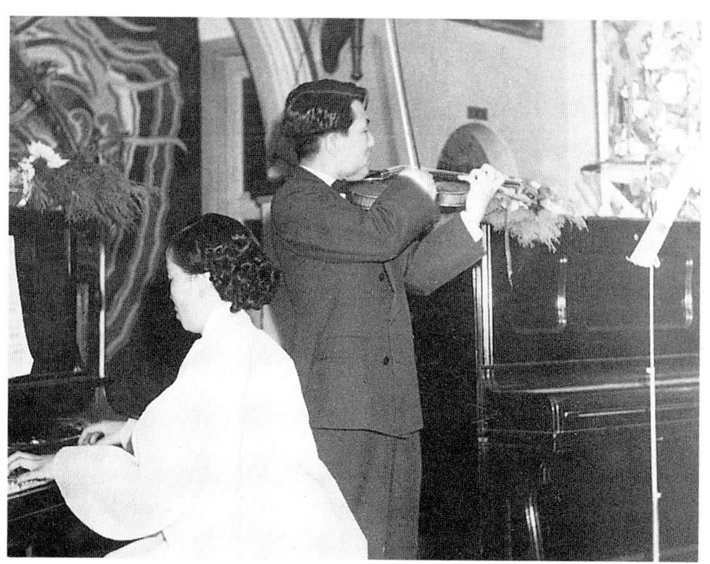

1954년 계성학교 강당에서 피아니스트 이경희 선생과 협연

1979년 부산시향 부임 첫 연주 후. 왼쪽 두번째부터 이기홍, 박인수, 이강숙, 이점희, 이보향

　　이어 그는 대구시향 창단공연 프로그램을 비롯한 각종 연주회 프로그램, 해외 유명 연주자들이 보내온 축전들, 오래된 흑백사진 등을 하나씩 꺼내 놓았다. 연주실황을 보존할 수 없었던 대신 자료를 보관하는 것이 당시 기록을 남기기 위한 최선의 방법이었다. 손때가 군데군데 묻고 누렇게 변색되기까지 한 자료들은 그의 지난 인생을 대변해주는 듯했다.

　　선생이 음악가의 길에 들어서 그의 의지대로 무언가를 이루어가기까지는 많은 노력과 인내가 뒤따랐다. "세상의 모든 일은 하루아침에 변하는 게 아니다. 숙원이 이루어져야만 가치가 높다." 음악에 대한 '숙원'을 이루기 위한 그의 노력은 유별났다.

　　대구시립교향악단 연주회장에서 항상 그를 만날 수 있었는데 최근에는 그의 모습을 찾아보기 힘들다. 그의 젊음과 열정이 온전히 바쳐진 대구시향인데, 그 연주 현장을 찾아보기 힘들 정도로 기력이 떨어졌을까 싶어 안타까운 마음이다.

이기홍

국립극장 공모 당선작 「무지개」의 작가
극작가 **이만택**

"난 평생 국어선생을 했던 터라 지나치게 정돈된 문장을 만드는 것이 습관이 돼서 문단에 등단하기 힘들었어요. 그래서 주변에 있는 사람들의 따스한 삶이 배어 있는 글을 쓰려고 노력했어요. 인위적으로 다듬은 문장보다는 사람들의 삶이 녹아든 구수한 문장이 더 좋은 문장인 게지요."

국립극장 무대에 서는 것은 연극인들에게 명예로운 일이다. 배우로서도 그렇겠지만 작품을 쓰는 극작가에게도 그 명예는 크다. 대구에서 최초로 국립극장 무대에 작품을 세운 극작가가 있다. 바로 극작가 이만택(1920~2006)이다. 그의 희곡 작품 「무지개」(4막 5장)는 1964년 한국일보사가 창간 10주년 기념으로 극단 신협과 공동으로 주최한 '장막희곡 현상모집'에 당선되어 국립극장 무대에 올랐다. 향토 희곡사에 한 획을 그은 것이다. 당시 극단 신협은 국립극장의 전속단체로 이해랑이 연출을 맡고 있었다. 이만택은 이보다 한 해 앞선 1963년에는 국립극장 장막극 모집에 희곡 「난류」를 출품해 입상하기도 했다.

그는 일생 동안 「난류」, 「무지개」, 「그 많은 낮과 밤을」, 「인간교향악」 등 네 편의 장막극과 「은하수에 정사(情死)한 견우직녀의 원혼은 아직도 방황하고 있다」를 포함해 단막극 다섯 편을 발표했다. 그 가운데 무대에 오른 작품은 「무지개」와 「그 많은 낮과 밤을」 단 두 편뿐이다. 두 편 모두 이해랑의 연출로 국립극장에서 초연되었다. 그리고 수년간 전국의 극단에 의해 무대에 올려졌다. 희곡사에서 그가 비중 있게 기록되고 있는 이유다.

국립극장 공모 당선

작품 「무지개」는 소백산맥이 배경이다. 현대문명과 격리돼 대를 이어 화전을 일구며 사는 20여 호가 옹기종기 모인 자그마한 마을이 배경이다. 두메산골의 갑갑함에 몸부림친 혈기왕성한 청년은 '산 너머 무지개'를 찾아 대도시로 떠나는 꿈을 안고 살아간다. 자신을 사랑하는 이쁜이 때문에 망설이지만 결국 그녀와 자신이 이복남매인 것을 알고 좌절감만 안고 마을을 떠난다. 작품은 징용에 끌려갔다 돌아온 인물 두성을 향한 마을 노인의 대사 "하늘 밭골이 좁은 줄 이제사 알았지?"로 막이 내린다. 마을을 떠나 이상향을 찾아가봐도 별다른 게 없다는 것이다.

인생에 대한 작가의 허무주의적인 사상이 엿보이는 작품이다. 당대 평론가들로부터 "러시아 극작가 안톤 체홉의 니힐리즘(허무주의)의 영향을 받은 듯하다"는 평가를 받았다. 이만택은 자신이 안톤 체홉의 작품 『세자매』, 『벚꽃 동산』 등을 좋아했고 즐겨 읽었기 때문에 어느 정도 영향을 받았을 것이라고 인정했다.

희곡 속에 삽입된 칼 부체의 시 구절을 봐도 그 영향을 찾아볼 수 있다. "저 산 너머 멀리 헤매어 가면/행복이 진다고들 말하기에/아! 남들과 얼려 찾아갔다간/울고 남은 눈을 하고 되돌아왔네./저 산 너머 멀리 저 멀리에는/행복이 산다고들 말하건만……." 이 시는 초연 당시 곡을 붙여 배경음악으로 사용됐다.

「무지개」의 초연 무대는 국립극장이었다. 1964년 6월부터 14회 공연

1998년 대구시립극단 창단기념 공연으로 무대에 오른 〈무지개〉 공연 장면(대구문화예술회관 대극장)

되었는데 800석 좌석이 연일 초만원을 이뤘다. 이후 대전, 대구, 부산, 목포, 원주 순회공연도 성공적으로 끝났다. 당시 출연진들이 김동원, 김승호, 도금봉, 황정순, 조미령, 장민호, 김성원 등 당대 최고의 인기배우들이었던 것도 흥행에 한몫을 했다.

지역 극단으로는 극단 대구무대가 1984년 이필동의 연출로 무대에 올렸다. 대학극에서는 이보다 한참 앞서 공연되었다는 기록이 있다. 1972년 영남대 극단 천마무대가 이 작품으로 경남 진주개천예술제 제1회 전국대학연극축전에서 우승을 했다.

「무지개」가 대구연극사에서 중요한 의미를 갖는 또 다른 이유는 1998

년 대구시립극단 창단공연작으로 무대에 오른 것이다. '대구시민의 극단'이 향토의 원로 극작가 작품을 첫 번째로 공연했다는 사실에서 큰 의미가 있었다.

연출을 맡았던 대구시립극단 이영규 예술감독은 "지역 극작가의 작품으로서 국립극장 무대에 섰던 작품이라는 점에서 창단공연작으로 선정했다. 대구시립극단이 지역 원로 작가의 창작품을 첫 작품으로 무대에 올리는 것은 창작극 활성화에 힘이 되기 때문이다"라고 작품 선정 이유를 밝히기도 했다. 다만 창단기념 공연이니만큼 원작과 달리 결말을 희망적인 내용으로 바꾸었다.

소설가 지망생

이만택은 20대 시절부터 소설 창작에 관심이 많았다. 국어교사였던 그는 퇴근 후 매일 두 시간 정도씩 습작을 해 신춘문예에 여러 차례 투고했다. 나름대로 만족한 작품을 출품해도 매번 결과가 좋지 않아 실망하던 어느 날, 그는 최종 심사까지 올랐던 작품의 심사평을 보게 됐다. 심사위원 중 소설가 이무영이 "참신한 내용의 글이나, 문장이 너무 세련된 것이 도리어 흠이 됐다"고 평한 것이다. 그때 그는 항상 모든 문장을 문법에 꼭 맞는 글로 다듬어내려 했던 자신을 돌아볼 수 있었다. 국어교사라는 직업 탓(?)에 너무나 완벽을 추구했던 것이다. 그 때문에 좌절한 그는 한동안 펜을 놓았다. 문장을 거칠게 만들어내는 것이 되려 어색하기도 했기 때문이다.

그러던 그가 다시 펜을 들도록 하는 일이 일어났다. 그가 마흔 다섯이 되던 1964년이었다. 그는 새해 첫날부터 지병이었던 위장병이 심해져서 20여 일간을 물 한 모금 먹지 못하고 누워만 있었다. 꼼짝도 못하고 누워만 있는 것이 답답해지던 어느 날, 모 일간지에서 소백산맥 화전민에 대한 르포기사를 보게 된 것이다.

그는 순간 아픈 것도 잊고 '아, 이거 희곡감이 되겠구나'라는 생각을 했다고 한다. 때마침 한국일보사 창립 10주년 기념사업으로 극단 신협과 공동으로 희곡 현상 모집을 한다는 것도 알게 됐다. 곧 화전민을 소재로 한 작품을 썼다. 소설 습작을 통해 닦은 실력이 있었기 때문에 장막극 창작에 도전할 수 있었던 것이다. 당시 단막극을 쓰는 사람은 많았으나 장막극에 도전하는 사람은 드물던 시절이었다.

마땅한 구경거리가 없던 어린 시절, 그도 연극 구경을 좋아했다고 한다. 고향에 신파극 공연단이 오면 나팔 불고 홍보 다니는 사람들 뒤에서 흥을 돋우어주고 공짜 표를 얻어 공연을 보곤 했다. 연극을 봤던 기억을 살려 희곡을 구성해나갔다. "소설이나 희곡이나 표현 양식만 다를 뿐 내용은 같은 거 아니겠어요? 그냥 좀 더 극적으로 표현하고 싶어서 어린 시절 봤던 연극을 생각하며 희곡으로 썼어요."

이후 그는 1972년 단막극 「은하수에 정사한 견우직녀의 원혼은 아직도 방황하고 있다」를 발표한 이후 극작을 중단했다. 그는 그 이유를 '게

李萬澤戲曲選集

무지개

成文閣

1968년 묶어낸 이만택 희곡선집 「무지개」. 대표작 「무지개」를 비롯해 「난류」, 「그 많은 낮과 밤을」, 「인간교향악」 등 4편이 수록되어 있다.

을렀기 때문'이라고 일축했지만 부인과 1남 5녀 자식을 거느린 가장으로서의 삶이 여유가 없었으리라 싶었다. 그는 교사라는 직업에 만족했고 그 직분에 충실했다.

펜을 놓았던 것에 미련이 남았던 것일까? 그는 항상 "지역 극작가들이 작품 창작에 몰두할 수 있는 환경을 만드는 것이 무엇보다 중요하다"는 것을 역설했다. 나아가 지역의 극단들이 앞서서 실험적인 창작극을 무대에 올리는 길만이 극작가뿐만 아니라, 지역 연극계 전체가 활성화될 수 있는 길이라고 강조했다.

이만택은 1950년 교직생활을 시작해 1993년 영천 선화여고 교장을 끝으로 퇴임했다. 어찌 보면 극작가보다는 교육자라는 호칭이 더 어울릴지도 모른다. 그러나 자신의 인생에서 가장 행복했던 순간으로 희곡 작품을 쓰고 무대에 올리던 때를 꼽곤 했다. 학교 퇴임 이후에도 다시 펜을 들지 않았기 때문에 지역 연극인들조차도 그를 모르는 사람이 적지 않다. 그렇지만 오늘날 지역에서 창작극이 활발히 공연될 수 있는 밑바탕에는 바로 극작가 이만택이 있었다는 사실은 기억되어야 한다.

● ● ●

이만택 선생은 노년에 중구 태평로 번개시장 바로 옆에 위치한 77태평 아파트(1977년에 지어졌다고 해서 지어진 이름)에 살았다. 2002년 부인을 여의

고 2006년까지 혼자 지냈다. 그를 처음 찾아간 것은 2003년경이었다. 그 때 그는 이미 팔순을 넘겼고 기력이 많이 좋지 않았다. 인터뷰도 그를 만나기 위한 것이었지만 또 다른 목적은 혹시나 그가 가지고 있을지도 모를 자료 때문이었다. 「무지개」가 국립극장에서 공연을 했고 또 극단 신협과 함께 순회공연을 했으니 혹시 관련 자료가 있지 않을까 싶었다. 그런데 아쉽게도 그가 보관하고 있던 초기 대본을 비롯한 공연 자료는 몇 번의 이사 과정에서 거의 대부분 유실되었다. 그는 단행본으로 발간된 『무지개』 한 권만 소중히 간직하고 있었다. 2006년 그가 세상을 떠난 소식도 신문 부고 한 줄로 간략하게 전해졌다. 초창기 작품을 발표한 것 외에는 지역 연극인들과 교류를 하지 않았기 때문이다.

"대구의 연극이 언제까지나 서울 연극의 변방에서 한낱 지방 연극으로만 머물 것이 아니라 자기 색깔을 확보한 특성 있는 지역극으로 자리 잡기 위해서는 하루 빨리 대구연극의 뿌리를 찾고 선배들의 업적을 정리하는 것이 무엇보다 중요하다고 생각되었다. 그 일은 누군가가 나서서 하지 않으면 안 될 일이라 여겼다." — 이필동 『대구연극사』 서문 중에서

이필동(1944~2008)은 대구 무대예술의 큰 별이다. 이필동이란 이름을 아는 사람은 적어도, '아성(雅聲)'이라는 그의 예명을 기억하는 사람은 많다. 또 영화감독 이창동의 형이라고 하면 아, 하고 고개를 끄덕이는 사람도 많을 것이다. 아성은 대구뿐만 아니라 전국 연극계에서도 모르는 사람이 없을 정도로 명성이 높다.

1944년생인 그는 경북고 재학 시절이던 1961년, 차범석 작 〈밀주〉에 배우로 출연하면서 연극계에 발을 들여놓았다. 이후 50여 년간 배우로, 연출자로 향토 연극계를 일구고 지켰다. 현재 지역 연극계에서 활동하는 연극인들 가운데 그의 영향을 받지 않은 사람이 거의 없을 정도다.

그의 동생 이창동은 인터뷰 때마다 형이 자신의 문학적 소양을 키우는 데 큰 영향을 미쳤다고 밝히곤 한다. 영화사 나우필름 대표인 막내동생 이준동도 큰형의 연극포스터를 붙이기 위해 형들과 함께 풀통을 메고 돌아다닌 일을 회상했다.

이필동은 1967년 극단 인간무대를 창단하면서 연극 활동을 본격적으로 시작했다. 극단 공간을 거쳐 극단 원각사를 창단해 활발한 연극 활동을 펼쳤으며, 1982년에는 누리예술극장을 개관하여 소극장 운동의 터를 다져놓기도 했다. 또 자신의 연극관을 바탕으로 한 연극입문서 『무대예술입문』을 1983년 발간했고, 1995년에는 『대구연극사』를 발간하여 대구 연극의 맥을 보여주었다. 그는 일평생 대구연극판을 키우기 위해 동분서주하며 산 사람이다.

연극판에 뛰어들다

이필동은 1944년 경북 안동에서 4남 2녀 중 장남으로 태어났다. 그가 경북고 2학년이던 1961년, 2·28대구민주운동 기념 1주년을 앞두고 대구지역 고등학생과 대학생 연합연극반에서 기념공연으로 차범석 작 〈밀주〉를 준비하기로 했다. 그가 마침 연극 담당을 맡아 배우 섭외를 도맡아야 했다. 그런데 이장 역을 맡을 배우를 구하지 못해 급한 김에 그가 직접 배우로 출연하게 된 것이다.

그는 공연 당일, 키네마극장(한일극장) 옥상에서 내려다본 풍경을 잊을 수가 없었다고 했다. 단발머리 여고생을 비롯한 수많은 관객들이 달성군청(현재 대구백화점 근처 위치) 앞마당까지 길게 늘어서 있는 것을 본 것이다. "무엇이 이 사람들을 여기로 이끌었을까?" 그는 그 순간 이렇게 사람들의 관심을 모으고 그들에게 행복을 주는 연극을 하고 싶다는 결심을 했다. 그 한 장면이 그를 연극판으로 이끈 것이다.

그는 고등학교 졸업과 동시에 서라벌예술대학(현 중앙대)으로 진학해

연기공부에 매달렸다. 대학을 다니며 현대연기학원의 한재수에게서 연극이론과 실기를 배웠다. 그러다 1964년, 여인극장 단원으로 입단했다. 학교를 졸업하고 연극판에 나온 추송웅, 윤문식보다 2년이나 데뷔 연도가 빠르다.

첫 출연작은 명동국립극장에서 공연한 〈기적을 만드는 사람〉이었다. 그는 객석을 꽉 채운 관객들을 보고 대구에서도 이런 연극을 만들어 공연하면 좋겠다고 생각했다고 한다.

대구연극의 텃밭을 일구다

그는 1967년 대구로 내려와 뜻을 함께하는 연극인들을 모아 극단 인간무대를 만들었다. 인간무대는 대구 최초의 본격 기성극단으로 기록된다. 그 무렵 대구에서는 대학극 운동이 활발했고 기성극단도 많이 만들어졌으나 대부분 한두 차례 공연만으로 막을 내리던 실정이었다. 당시에는 대학이나 전문교육기관을 통해 연극을 배운 사람이 거의 없었다. 대학극이나 현장에서 선배 어깨너머로 배워서 연극에 입문하곤 했다. 먹고살기도 어려웠던 시절이던 만큼, 연극을 하기란 더더욱 힘들었다. 이러한 시절에 극단 인간무대는 독보적인 활동을 했다.

극단 인간무대의 활동 가운데 역사적인 공연은 1970년 12월 셰익스피어의 대표작 〈햄릿〉을 KG홀 무대에 올린 것이다. 530여 석의 극장에 5회

이필동 연출로 공연된 극단 공간 창립공연 〈아가씨 길들이기〉(1971)

공연 동안 5천여 명의 관객이 모였고, 몰려든 관중들을 정리하기 위해 기마경찰이 출동하고 결국 앙코르 공연까지 했다. 〈햄릿〉의 성공은 오랫동안 대구연극계에 화제가 됐다.

이 공연의 성공에 힘입어 1971년 극단 인간무대 단원들을 중심으로 새로운 극단 공간을 창단했다. 극단 공간은 대구연극에서 중추적인 역할을 해냈다. 극단 공간은 YMCA회관을 중심으로 꾸준히 살롱드라마를 공연하며 대구연극의 명맥을 이었다. 〈시집가는 날〉, 〈대머리 여가수〉, 〈수전노〉 등 수많은 작품을 무대에 올렸다. 1973년 말 극단 공간의 대표는 연극인 박상근이 넘겨받았다.

당시에는 공연장도 적었지만 연습 공간을 구하기 힘들었다. 대명동 대구대학(현 영남대 의과대학)이나 신암동 청구대학(구 경북산업대학 자리)의 빈 강의실에 몰래 들어가서 연습을 하곤 했다. 그곳마저도 여의치 않을 때는 시내 고등학교 운동장 한쪽 구석에서 땅바닥에 줄을 그어 놓고 연습했다. 해가 진 후에는 담벼락에 올라가 가로등의 전구를 돌려놓고 조명으로 삼았고 추울 때는 집에서 연탄 화덕을 가져와 불을 쬐면서 연습을 했다. 이필동은 "당시 포항 출신 김삼일과 자주 의기투합이 됐다. 그가 자취를 하고 있었기에 그를 집에 불러 밥을 나눠 먹고 다시 돌아와 연습하곤 했다"고 회고했다. 김삼일과 그는 일평생 연극에 대한 고민을 함께 나눴다.

이필동은 1975년 5월 한국연극협회 경북지부 지부장으로 선출됐다. 그리고 1977년 극단 원각사를 창단했다. 원각사는 창립공연 〈대머리 여가수〉를 대구백화점 10층 소극장 무대에 올렸다.

1980년대 초에는 대한민국연극제(현 서울연극제 전신)에 이하석 작 〈뉘랑 같이 먹고 살꼬〉를 가지고 참여했다. 지방 극단으로는 유일하게 수상 결과를 냈다. 여자연기상을 수상한 것이다. 이로써 그는 서울연극계에 이름을 크게 알렸다.

1981년에는 '원각사 연극상'을 제정하여 한 해 동안 가장 활발한 활동을 펼친 연극인을 선정, 시상해 연극인의 사기를 높였다. 1982년에는 연극전문 소극장 '누리예술극장'을 설립해서 소극장 운동을 시작했다.

1980년대 중후반에는 동아백화점 소극장에서도 소극장 운동을 펼치

1988년 대구시립극단 설립을 촉구하기 위해 연극인들이
합동으로 공연한 〈귀족소동〉. 스칼페타 작·이필동 연출

며 기획자로도 잠시 활동했다. 당시 대학연극반을 중심으로 활동하던 연극인들, 그리고 20대 젊은 무용수들이 참신한 발표를 할 수 있는 장을 마련해주었다. 그 시절 소극장 운동에 참여했던 연극인들과 무용인들은 현재 지역 예술계를 지키는 중견 예술가들로 자리하고 있다. 그는 극단 원각사와 1997년 프랑스 파리, 1999년 인도 캘거타, 2002년 뉴질랜드 등지로 해외공연을 다녀왔다. 또 1980년대 후반부터 대구시립극단 창단 운동을 주도했고 십여 년의 노력 끝에 마침내 1998년 시립극단 창단을 이루어 냈다.

이필동은 1998년 경주세계문화엑스포 시작과 동시에 기획실장을 맡았다. 경주세계문화엑스포 조직위원회 기획처장 자리에까지 오르면서 2006년까지 경주세계문화엑스포를 이끌었다. 이후 2006년 대구국제뮤지

이필동

1991년 이필동 연극 30년 기념 〈수전노〉 공연 장면

컬페스티벌 조직위원장, 2007년부터 2008년까지 집행위원장을 맡았다. 굵직한 세계적인 문화행사를 기획하며 그는 세계 속에 한국문화를 알리는 데 힘썼다. 그렇지만 그는 연극 현장에서 완전히 떠나 있지 않았다. 틈틈이 극단 원각사와 작품을 무대에 올렸다.

그는 연극인생에서 가장 잊을 수 없는 일로 1991년 자신의 연극 30년을 기념하는 〈수전노〉(몰리에르 작, 이필동 연출)를 공연하던 때를 꼽았다. 그는 주인공 '아르빠공' 역할을 맡아 지독한 인색함으로 관객의 조롱을 받는 코믹스러운 연기를 해야 했다. 그런데 공연을 이틀 앞두고 그만 모친상을 당한 것이다. 장례 날이 공연 첫날이 되어버렸다.

"초상은 개인적인 일이고 공연 약속은 시민과의 공식적인 약속이니까

지켜야 한다고 생각했다. 새벽 6시에 장지인 안동으로 운구를 모시고 서둘러 하관을 한 다음 허겁지겁 극장으로 돌아왔다. 개막시간을 불과 40분 남기고였다.”

서둘러 분장을 마치고 무대에 올랐고 그는 인상 깊은 코미디 연기를 해냈다. 객석에서는 웃음과 박수가 쏟아졌으나 그는 막 뒤에서 소리 없는 울음을 삼켰다고 했다. 세월이 흐른 뒤 어느 인터뷰에서 그는 “당시 어머니의 죽음을 ‘이래도 연극을 하겠느냐’는 마지막 질책인지 ‘이제는 너 마음대로 연극을 해보라’는 허락인지 알 수가 없었다”고 이야기했다.

이 에피소드는 지난 2009년 7월, 그의 사후 1주년을 맞아 선후배 연극인들이 그의 연극인생을 기리는 작품 〈선택〉으로 제작해 무대에 올렸다.

‘대구연극사’를 정리하다

이필동의 가장 큰 업적 중 하나는 1995년과 2005년 두 차례에 걸쳐 『대구연극사』를 펴낸 것이다. 연극뿐만 아니라 대구예술 전반에 걸친 사료 정리가 제대로 되어 있지 않은 것이 지역의 현실이었다. 그의 『대구연극사』로 인해 대구연극인들의 활동은 한국연극이라는 큰 줄기 아래에 체계적으로 정리되었다.

그가 ‘대구의 연극사’를 정리하기로 결심한 것은 그가 연극에 몸을 담은 지 십 년 남짓 되던 1975년, 연극협회 지부장을 맡으면서였다. 대구연극계의 수장을 맡고 보니 그간의 대구연극에 대한 자료가 제대로 정리되지 않았다는 것을 알게 되었다. 곧바로 그는 대구연극사 정리를 위한 자료 수집에 들어갔다. 그러나 1982년경 사무실에 보관하던 자료들을 모두 도난당하고 만다.

그 뒤 한때 책 출간이 불투명해졌지만 그가 연극전문지『한국연극』에서 지방연극사 특집을 연재하면서 다시 집필을 시작했다. 또 대구예총에서 발간한『대구예총 30년사』에 연극 부문을 맡아 썼다. 두 원고를 수정, 보완해서 1995년『대구연극사』초판을 발간했다. 초판 발행된『대구연극사』에는 1918년 대구 최초 극단인 신극좌가 생긴 이후부터 1994년까지의 각 시대별 연극계의 특성과 극단들의 활동, 연극계 전반에 걸친 뒷이야기 등이 수록되어 있고 대구 공연연보가 한눈에 정리되어 있다.

그리고 십 년 후인 2005년에는 개정판으로『새로 쓴 대구연극사』(지성의샘)를 펴냈다. 그는 초판에는 사료가 누락된 부분이 있었고 특히 배우들에 대한 기술이 빠져 있었던 것이 가장 아쉬웠기 때문에 수정판을 펴냈다고 했다. 그는 항상 "연극은 배우예술"이라고 강조하곤 했다.『새로 쓴 대구연극사』에는 1930년대 이후의 대구 풍경과 주요 공연장, 공연 장면, 연극포스터 등을 화보로 수록하고, 1940년대부터 1990년대까지 대구연극계의 주요 사건과 일화를 당대 연극사조와 함께 분석해 기술하고 있다. 광복 이후 1990년대까지의 공연연보를 정리해 수록한 것도 주목할 만한 부분이다.

지금까지 '한국연극사'라는 이름으로 정리된 책은 여러 종류 있지만

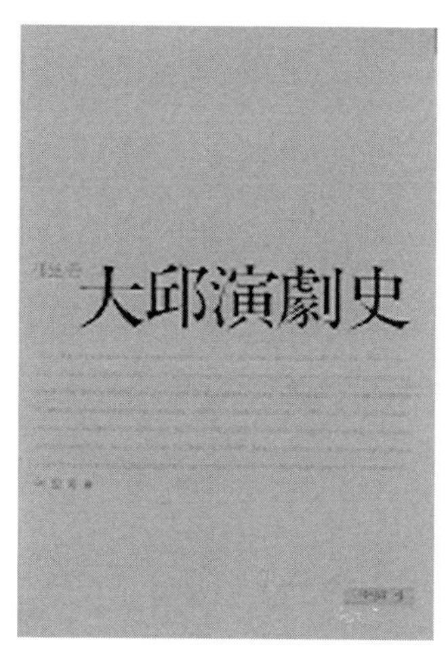

2005년 개정판으로 펴낸
『새로 쓴 대구연극사』

지방연극사를 펴낸 지역은 부산, 충남, 전남과 대구뿐이다. 이필동 선생의 『대구연극사』는 지난 60년간 지역 연극의 역사를 기록해서 후대 연구자들에게 새로운 과제를 남겼다는 점에서 의의가 크다.

두 번이나 집필한 『대구연극사』를 봐도 알 수 있듯 이필동은 현장 연극 작업 중에서도 항상 탐구하는 자세를 견지했다. 그는 실질적으로 이론과 실기를 겸하는 한국의 몇 안 되는 현장연출가였다. 그 밑바탕에는 항상 책을 가까이 하는 습관이 있었다. 대구에 연극박물관이 필요하다면서 생활비를 쪼개어 연극서적을 구입해, 수천 권의 연극 관련 책자와 자료들을 수집했다.

그는 또 책과 잡지, 신문 등의 활자매체로 된 자료 수집에 관심이 많았다. 수십 년에 걸쳐 신문·잡지 창간호를 수집했다. 잡지 창간호만 360여

권, 창간 신문이 30여 부에 이른다. 문학, 음악, 미술, 연극, 무용, 교양지, 여성지 등 종류도 다양했다.

그는 인쇄매체가 사라질 것이라는 예상에 대해 "텔레비전과 영화가 등장했을 때, 연극이 역사 속으로 사라질 것이라 예상했지만 현재는 함께 공존하며 살아남아 있듯, 인터넷을 통해 지식을 공급받지만 진짜 지식은 책을 통해 남게 된다"며 인쇄매체의 생명력을 확신하곤 했다.

한편 『대구연극사』 발간을 준비하면서 그가 얻은 가장 큰 수확은 한국 신연극사의 거두 '홍해성'에 대한 자료를 발견한 것이다. 동양극장 상임 연출자로 재직한 홍해성은 신파극을 격조 높은 대중극으로 승화시킨 인물로 한국연극사에 한 획을 그었다고 평가받는다. 그렇지만 일부 학계에서 연구되고 있는 것을 제외하고는 홍해성의 공적에 대해 기념하는 사업이 전무한 실정이었다.

이필동은 지역 예술의 오늘이 있게 한 인물을 발굴하고 기리는 것이 바로 지역을 빛내는 길임을 일찌감치 알고 있었다. 1996년 10월 홍해성 기념사업회를 창립했고 오랜 노력 끝에 2005년 제1회 홍해성연극상을 제정·시상하기 시작했다. 홍해성연극상의 수상 대상은 연극 발전에 공을 세운 연극인이었다. 그는 2008년 세상을 떠나기 직전, 홍해성연극상 제4회 수상자로 선정됐다.

이필동은 현장에서 많은 제자들을 길러냈다. 대구에서 활동하고 있는 연출가나 배우들 대부분은 그의 직접적인 영향을 받아 성장했으며 지금도 많은 연출가와 배우들이 현장에서 활발하게 활동하고 있다. 그의 이력을 돌이켜보면, 대구연극을 위해 살아온 삶 그 자체란 말 외에는 달리 표현할 방법이 없다. 그는 삶의 현장에서 '대구연극사'를 써내려간 사람이다.

2008년 5월 그가 폐암 발병을 알기 바로 직전, 인터뷰 약속이 있었다. 그 사이에 그는 다리와 허리 통증으로 병원을 찾았다가 정밀검진 권유를 받았던 것 같다. "병원에서 검진을 좀 상세하게 받아야 하니 다음에 만나자"는 전화를 걸어온 것이 그와의 마지막 통화였다. 그는 폐암 말기로 판명되었고 두 달 남짓 짧은 투병생활을 하고 세상을 떠났다.

그가 떠난 후 대구 무대예술 혹은 예술사에 대한 기획 기사를 쓸 때마다 그의 부재를 느끼곤 한다. "이 부분에 대해 원고를 잘 써주실 텐데. 증언을 잘 해주실 분인데……." 그는 항상 '급할 때' 떠오르는 사람이었다. 대구예술사를 돌아보는 기사를 정리할 때나 공연예술에 대한 기사를 쓸 때 제일 먼저 자문을 구할 수 있는 사람이었고 또 제일 먼저 원고를 청탁할 수 있는 사람이었다. 마감에 임박해 급히 부탁해도 앉은 자리에서 단번에 원고를 써내려갔다. 그만큼 그는 대구예술계 전반에 대해 많은 것을 알고 있었다.

그는 일평생 연극뿐만 아니라 무대예술, 전시예술의 수많은 사람들과 교류했고 문화운동에 힘썼다. 그가 연출한 작품에는 무대의 기본을 강조하는 그의 연극관이 녹아 있었다. 무대 형상의 기본 위에 창조적 변화가 놓여야 한다는 뜻이겠다.

폐암 선고를 받은 후 투병 중일 때 그는 자신이 주도해서 제정했던 '홍해성연극상' 시상자로 결정되었다. 그렇지만 병이 심해져 시상식에는 참석하지 못하고 대신 아들이 참석해 시상식장을 울음바다로 만들었다. 그래도 그가 곧 일어날 것이라고 생각하던 연극인 동료와 후학들은 암 선고 2개월 만에 날아든 부음 소식에 망연자실할 수밖에 없었다.

그의 빈자리가 크게 느껴지던 어느 날, 그가 남긴 한 칼럼이 떠올랐다. 그는 "예술은 이미 죽고 예술가만 목숨을 연명하게 되는 상태"를 지적하며 "예술은 짧고 인생은 길다"고 강조한 바 있다. 그 글의 함의를 모르는 바 아니나, 그가 떠난 지금은 그의 인생이 너무나 짧았던 것이 안타까울 따름이다. 그래도 그의 예술이 길게 남아 있으리라는 사실에 안도를 한다. 그가 쌓아놓은 그 수많은 업적들은 사라지지 않고 동료와 후배들의 힘으로 긴 세월 동안 빛날 것이기 때문이다.

작곡은 작곡가 정신의 재창조

작곡가 **임우상**

"작곡이야말로 작곡자의 정신적인 내용이 악보로 창조되어야 한다고 생각해왔어요. 나의 정신적 내용을 어디에 둘 것인가를 늘 고민했지요. 그리고 늘 새로운 것을 찾아 배우려고 노력해왔기 때문에 좋은 곡들을 만들 수 있었던 것 같아요. 제 마음가짐이 좋아야 제가 만든 노래에도 좋은 기운이 담기지 않겠습니까. 늘 즐거운 마음으로 매사를 대하고 생각하려 해요."

창작곡에 그 곡을 만든 작곡가의 정서가 깃들어 있다면 작곡가 임우상(1935~)의 곡들에 스며들어 있는 정서는 '사랑하는 마음'이 아닐까 한다. 그는 일평생 대구를 중심으로 음악 활동을 하며 후학을 길러냈고 수많은 가곡과 합창곡, 기악곡을 발표했다. 그의 작품 가운데 〈달구벌환상곡〉, 〈팔공산〉 등은 대구에 대한 '사랑하는 마음'을 잘 담아낸 대표곡으로 손꼽힌다. 그는 오랜 세월 후학을 양성했고 '원로'라는 자리에 오른 뒤에도 대구음악계를 위한 크고 작은 노력들을 쉴 틈 없이 이어가고 있다.

그는 40여 년을 교육계에 몸담았다. 중·고교 음악교사를 거쳐 계명대 교수로 30년 가까이 후학을 양성하고 2000년 9월 정년퇴임했다. 1970, 80년대 창우회와 한국작곡가협회 대구지부 등 작곡단체를 조직해 황무지와 같던 대구작곡계의 텃밭을 다졌다. 1998년 12월 발표한 〈달구벌환상곡〉으로 그는 1999년 제18회 대한민국작곡상 최우수상을 수상했다. 2007년에는 한국작곡가회에서 시상하는 한국작곡상 대상을 받았다.

또 그는 향토 음악사 정리에 대한 남다른 노력을 기울여왔다. 2000년대 후반부터는 『대구음악통사』 편찬과 음악박물관 준비에 앞장서고 있고 현재는 향토 음악가 박태준을 기리고자 창립한 '박태준기념사업회'

자문위원장을 맡고 있다.

음악에 빠져들다

1935년 경북 예천군 용궁면에서 태어난 그는 줄곧 영주에서 자랐다. 아버지가 교직에 계셨던 탓에 부임지를 따라 이사를 거듭해서 영주에서만 초등학교를 일곱 번이나 옮겨야 했다. 그렇지만 아버지 직장인 학교를 자주 드나들 수 있었던 것은 좋은 기회였다. 오르간 등의 악기를 가까이 할 수 있었기에 생활 속에서 음악을 즐기게 됐다.

"어릴 때 저의 놀이터는 당연히 학교였어요. 자연히 오르간을 만지게 되고, 신호나팔도 배우게 됐는데, 아주 잘한다고 주위에서 칭찬을 많이 받았어요."

본격적으로 악기를 다루게 된 것은 영주농업중학교에 진학하면서 부터였다. 당시 영주농업중학교는 6년제였다. 그는 6년 동안 줄곧 악대부에서 트럼펫을 불었다. 그의 음악적 재능을 알아본 사람은 음악을 지도하던 정익삼 선생이었다.

정익삼 선생은 남다른 열정을 가진 사람이었다. 제자 임우상의 재능을 아꼈고 자신이 새로운 부임지 안동고등학교로 옮겨갈 때 그를 데리고 갔다. 고3 때 스승을 따라 안동고등학교로 전학한 그는 그곳에서 본격적인 음악이론을 배울 수 있었다. 화성학, 시창, 청음과 작곡의 기초를 정익삼 선생으로부터 모두 배웠다.

"정 선생님은 바이올린, 트럼펫, 작곡 등 여러 음악부문에 수준이 높으셨어요. 제대로 된 화성학 교재가 없어서 선생님이 일본책을 번역해서 읽어주시면 그걸 노트에 적었던 기억이 납니다. 오선지도 없어서 자로 직접 선을 그어가며 악보를 베끼곤 했지요."

그는 졸업과 동시에 서울대 작곡과에 지원했다. 작곡에 자신이 있었지만 시험에서 실패를 맛봤다. "'소나타 형식에 대하여 논하라'는 것이 입학시험 문제였어요. 난생처음 듣는 이야기였기에 물론 단 한 줄도 쓰지 못했어요. 이어진 실기시험에서도 부진했어요."

그는 서울대 진학의 꿈을 접은 대신, 서울대 부설 중등교원양성소(2년 교육과정)에 입학했다. 다행히 그곳에서도 서울대 음악대학 교수들에게 전공실기를 배울 수 있었다. 교육과정을 마친 그는 1957년 9월 문경중학교 음악교사로 첫 발령을 받았다. 문경중학교에서 그는 음악수업과 방과후 악대부, 음악감상회 지도를 맡았다. 그곳에서 만 6년 근무했고 25세 무렵 현재의 아내를 만나 결혼을 했다.

그가 인생의 전환점으로 꼽는 일은 1963년에 일어났다. 대구시내 경일중학교로 부임하게 된 것이다. 대학교육을 제대로 받지 못했던 것이 늘 아쉬웠던 터였다. 때마침 계명대에 음악대학이 생겼다는 사실을 알게 됐다. 그는 발령 이듬해인 1964년, 계명대 음악대학에 편입을 했다. 1966년 계명대 음악대학 제2회 졸업생으로 졸업하고 교육대학원으로 진학해 1970년에는 석사과정까지 마쳤다. 1969년에는 첫 번째 작곡발표회도 열었다.

그 과정에 대구여고를 거쳐 1970년 3월 경북여고로 전근을 갔다. 두 여학교에서 그는 합창반을 지도했고 교내합창경연대회를 매년 열었다. 경북여고 합창단은 전국고등학교합창경연대회에 출전해서 여고부 2위로 입상하기도 했다. 그는 두 여학교에서 합창을 가르치면서 합창에 대한 관심과 지식을 얻기 시작했다.

1972년 10월 그가 작곡한 가곡 〈한국의 달〉이 제4회 서울음악제에 선정되면서 음악계에 임우상이라는 이름을 서서히 알리기 시작했다. 성취감을 느끼면 느낄수록 배움에 대한 갈증은 계속 이어졌다.

"마침 대학원 작곡과에 입학한 우종억 선생이 부산의 이상근 교수님께 레슨을 받자고 제안했어요. 매주 토요일 부산을 오가며 2년간 대학원 과정을 수업했어요. 새로운 사조와 작곡 경향, 현대음악 작곡 기법, 관현악법 등을 깊이 있게 배울 수 있었던 기회였답니다."

그는 부산을 오가며 2년간 작곡한 새로운 작품들을 모아 1974년 2월 계명대학교 대강당에서 두 번째 작곡발표회를 열었다. 이 작곡발표회는 그에게 또 다른 인생의 전환점이 됐다. 발표회를 계기로 계명대 음악대학 작곡전공 전임강사로 발령을 받은 것이다.

"작곡이야말로 작곡자의 정신적인 내용이 악보로 창조되어야 한다고 생각해왔어요. 나의 정신적 내용을 어디에 둘 것인가를 늘 고민했지요. '향(鄕)―고향' 시리즈는 그 고민의 산물인 셈입니다. 우리 것인 민요나 민속적인 바탕에 현대적 작곡 기법을 융화시킨 작품들이지요."

1999년 10월 대구문화예술회관 대극장에서 열린 〈달구벌환상곡〉 연주회

그는 '향' 시리즈 작품을 아홉 곡 발표했다. 또 1988년 미국 캘리포니아주립대학에서 1년간 연구교수를 지낸 후 첫 관현악곡 〈산경〉을 작곡했다. 이후 〈육감수〉, 〈달구벌환상곡〉 등의 관현악곡을 잇달아 발표했다. 〈달구벌환상곡〉은 그가 개인적으로 가장 애착을 가지고 있는 곡이다. 쓰는 데만 꼬박 2년이 걸리기도 했지만 대구의 전체적인 인상을 담기 위해 많은 노력을 기울였다. 대구시향과 합창단이 이 곡을 초연했고 제자들이 음반을 봉정해주기도 했다.

2000년 계명대 정년퇴임 즈음에는 〈달구벌환상곡〉을 타이틀곡으로 한

일곱 번째 작곡발표회를 열었다. 우리 가곡에 대한 그의 애착도 남달랐다. 1978년 첫 가곡집 『고목』을 출판했고, 1995년 『어느 날의 그림자』, 2005년 『아가』, 2011년 『나로도』 등 네 권의 가곡집을 펴냈다.

"늘 새로운 것을 찾아 배우려고 노력해왔기 때문에 좋은 곡들을 만들 수 있었던 것 같아요. 제 마음가짐이 좋아야 제가 만든 노래에도 좋은 기운이 담기지 않겠습니까. 늘 즐거운 마음으로 모든 일을 대하고 생각하려 해요."

향토 출신 예술인을 발굴해 기리자

그는 출생지가 경북 예천군 용궁이고 자란 곳은 영주, 그리고 가장 많은 활동을 한 곳은 대구이다. 그런데 그를 예술가로, 작곡가로 가장 뜻 깊게 기리고 있는 곳은 다름 아닌 그의 출생지인 '예천군 용궁'이다. 예천군은 일찌감치 향토 출신 예술가들을 정리하고 기리는 사업을 시작했다.

"1963년 대구에서 살기 시작한 이후 본적도 대구로 옮겼고 자식들을 모두 대구에서 키웠어요. 대구를 근거지로 생활하고 있으니 당연히 대구에 애정이 많을 수밖에 없죠. 그런데 예천군 용궁 홈페이지에 들어가보니 '향토 출신 예술인'으로 저의 이력이 상세하게 기록되어 있더라구요. 깜짝 놀랐지요. 그 외 어느 곳도 아직 그런 기록을 남기지 않고 있었는데 말이죠."

놀라기도 했지만 그만큼 감동도 컸다. 이전까지는 출생지일 뿐이라고 생각했는데 고향에 대한 애착이 생겼다. 그는 대구도 작은 인연이라도 있는 예술인을 찾아 기록하고 기리는 것이 중요하다는 것을 새삼 느꼈다고 했다. 작은 인연이라도 그 예술인을 먼저 '찜'하면 그가 바로 대구사람이 되는 것이다.

그래서 그는 대구시에서 열리는 각종 인물선정위원회 등에 참가할 때마다 "지역이 낳은 음악가 박태준, 현제명 가곡제를 열자"는 제안을 하곤 했다. 처음에는 알아주는 사람이 거의 없었다. 어느 누가 먼저 시작해주기를 기다릴 수만은 없었다. 그는 2008년부터 직접 주도해서 대구음악박물관 설립 준비를 시작했다. 5~6년을 계획하고 준비를 시작했다. 2008년 지역 원로 작곡가들의 육성을 녹음했고, 2010년 70세 이상 원로 음악가 열세 명의 증언을 비디오 자료로 남겼다. 증언을 채록하고 자료들을 모아도 막상 그것들을 보관할 장소조차 마땅치 않았다. 현재 대구문화예술회관 내에 위치한 대구음악협회 사무실에 임시로 보관하고 있지만 그는 행정기관 혹은 예술단체들의 적극적인 의지가 부족한 것 같아 마냥 답답하다고 했다.

"시간이 흐를수록 잃어버릴 것이 더 늘어나는데 다들 그 시급함과 중요성을 알기나 하는지 모르겠어요. 조금 지치긴 했는데 쉬었다가 다시 준비해야지요." 그는 이제 자료관과 도서관 기능까지 겸비한 대구음악박물관 건립을 준비해야겠다고 했다.

그는 십 년 전 계명대를 정년퇴임하면서 연구실에 보관했던 자료들을

1998년 펴낸 작곡집 『관현악을 위한 달구벌환상곡』

둘 곳이 없어 전집류는 제자들에게 물려주고 대부분의 자료를 자택으로 가져와 보관하고 있다. 도서관에 기증하는 것도 생각했지만, 도서관에 기증하면 학생들에게 당장 필요한 1/3 정도만 남기고 나머지는 버려진다는 사실이 마음에 들지 않았다.

"제 아들과 딸이 각각 바이올린과 작곡을 전공했지만 아버지의 자료를 모두 받는 것을 그리 달가워하지 않더라구요. 제가 이러한데 다른 원로들이 가진 자료의 상황은 어떻겠습니까. 제도적 대책이 정말 시급합니다."

그는 앞으로 대구음악을 발전시키기 위해서는 원로와 젊은 사람들과의 소통이 필요하다고 했다. 예전에는 원로음악가회 주최로 음악계 현안에 대한 간담회도 열곤 했었는데 요즘은 그런 활동이 뜸한 것이 아쉽기만 하다. 또 그는 원로음악가회 주도로 '특별한 회원록'을 만들 생각이라고 했다. 꼭 음악을 전공하지 않았더라도 대구에 대한 곡이나 가사를 남긴 사람들을 모두 찾아 수록할 생각이다. "기억에는 있지만 기록을 찾기 힘든 분들이 많아 안타까울 따름이에요. 더 늦기 전에 시작해봐야죠." 그는 이러한 뜻에 동조하고 도움을 줄 음악인, 예술인들을 찾고 있다.

"'기록'의 중요성은 아무리 강조해도 지나치지 않아요. 우리나라 음악, 가곡 코너가 음반가게에도 없다는 것이 안타까워요. 이제는 정책적으로 기록을 남길 필요가 있어요. 서울에서 문화예술위원회다 뭐다 해서 우리나라 작곡가들의 곡을 묶어내는 작업을 하고 있는 것으로 알고 있는데, 지방에서는 마냥 순서만 기다릴 것이 아니라 주도적으로 준비를 해

둘 필요가 있어요. 대구음악이 서울 다음으로 최고 아닙니까?"

그는 아직도 '미래'를 설계하고 계획하느라 여념이 없다. 여든의 나이에도 소진되지 않는 이런 에너지는 어디서 나오는 걸까. "언제나 몸을 많이 움직이고 늘 즐거운 마음으로 '새로움'을 바라보고 생각하고 있기 때문이 아닐까요."

● ● ●

임우상 선생은 정확하고 명확하다. 과거에 대한 기억과 자료 정리뿐만 아니라 현재 진행하고 있는 일들, 그리고 미래에 대한 계획까지 명확하기 그지없다. 그리고 지금까지 원로 예술가들을 인터뷰하면서 그만큼 '과거'보다 '미래'에 대한 이야기를 많이 나눈 사람은 없었던 것 같다. 그는 우리나라, 특히 우리 지역에 제대로 된 '기록문화'가 없다는 사실을 안타까워했다. 그래서인지 자신에 관한 자료들만은 작은 기록 하나까지도 정확하게 기록하고 보관하고 있었다. 수십 년 전의 기록도 작은 라벨지를 붙여 나눠 보관하고 있었기에 그의 '과거'에 대한 이야기가 빨리 마무리되었는지도 모른다.

2000년대 초 선생이 계명대를 정년퇴임하고 명예교수로 재직하다가 연구실을 비울 준비를 하고 있을 때쯤 선생의 연구실을 처음 찾아갔다. 지금부터 십 년도 훨씬 이전의 일인데 그때도 선생은 지역에서 향토 예술사 자료 정리가 되고 있지 않음을 안타까워하셨다. 일찍부터 반드시 자료를 정리하고 수집하라고 조언해주었다.

일을 하면서 향토 음악사와 관련해 물을 일이 생기면 제일 먼저 떠오르는 사람이 임우상 선생이다. 선생은 사람의 이름과 연도를 기억해서 알려주시고 재확인이 필요한 부분은 정확하게 짚어주신다. 지역문화 관련 기사를 쓰는 사람에겐 든든한 기둥과 같은 존재다.

근래 들어 대구문화예술 1세대 원로들의 활동이 뜸해져서 안타까운데 임우상 선생은 꾸준히 활동하고 계셔서 늘 반갑고 든든하다. 크고 작은 연주회장을 종종 찾을 뿐만 아니라, 일반인 합창단 지도 등 음악 활동을 계속하고 계신다. 2012년에는 일평생 작곡한 합창곡 50여 곡을 모아 『합창곡집』을 펴냈다. 선생의 끊임없는 열정이 존경스럽다.

장영목

합창지휘자

"예술가가 시대를 앞서가는 것은 실험, 혹은 남과 다르고 싶은 욕망 때문입니다. 그렇지만 언제나 기초 밑바탕의 중요성을 알아야 해요. 먼저 기본을 안 후에 응용과 실험이 이어져야 합니다. 특히 지휘자는 온몸으로 인격을 드러내야 합니다. 그러면서 언제나 새로운 것을 시도해야 한다는 마음가짐을 잊지 않았으면 해요."

지역에서 해외 합창단들이 출연하는 무대가 있을 때면 외국 합창단원들과 함께 분주하게 움직이는 노신사가 눈에 띈다. 영어와 일어를 능숙하게 구사하며 외국 합창단의 의전을 도맡는 그는 다름 아닌 합창지휘자 장영목(1934~)이다.

그는 1958년 전원합창단을 창단하면서 합창운동을 시작했고, 대구시립합창단 창단을 이끌어냈다. 기악과 성악만이 대접받던 시절, 합창의 불모지였던 대구에서 합창을 알리는 전도사 역할을 자처했다. 2012년까지 전원아카데미합창단을 이끌고 있으니 합창지휘 경력만 만 50년을 훌쩍 넘긴 지역, 아니 한국합창의 산증인이다. 1971년부터 1984년까지 진주교육대학교 교수를 지냈고 1984년부터 1999년 퇴임할 때까지는 계명대학교 음대 교수로 재직하면서 수많은 제자들을 길러냈다.

또 '합창계의 대통령'이라 불리는 한국합창총연합회 이사장을 지방 출신으로는 최초로 맡았고 현재 세계합창총연맹 아태지역 실행위원을 맡고 있다. 2006년부터 2009년까지 대구예술대 총장을 지내, 예술인이 대학의 총장을 지낸 첫 사례로 기록되기도 했다.

"나를 필요로 하는 곳이 있다는 사실은 언제나 반갑고 고마운 일이지요. 늘 새롭게 도전하는 것을 목표로 살아왔어요. 새로운 곡, 새로운 만남, 새로운 일로의 도전은 미지의 세계를 개척하는 기분입니다.”

제자들은 그를 ‘스케일이 큰 사람’, ‘한국합창의 산 역사’, ‘인성교육의 총체’라고 평가한다. 그는 제자들에게 항상 “천천히 말을 해야 실수가 없다. 지휘자는 온몸으로 인격을 드러내야 한다”고 강조하곤 했다. 자료들을 천천히 하나씩 들추며 꼼꼼하게 설명하는 모습, 신중한 움직임과 말투, 그리고 깔끔하게 정리된 자료들에서 그의 인격을 고스란히 느낄 수 있다.

전원아카데미합창단

장영목은 어린 시절 브라스밴드 악장이었던 형의 영향으로 음악을 시작했다. 고등학교 3학년 때 교회 성가대 지휘를 맡으면서 피아노 수업을 받았다. 대구신학대학에 들어가서 헨델의 〈메시아〉를 연주하면서 교회음악, 특히 합창에 심취하게 된다. 성가, 즉 합창이 예배의 중심이라는 생각은 그를 합창이라는 외길로 이끌게 된다.

1957년 신학대학을 졸업하고 23세가 되던 1958년 그는 아마추어 합창단원들을 모아 전원합창단을 창단했다. 박태준이 이끌던 오라토리오합창단을 제외하고 민간합창단으로 전국 최초의 단체였다. 요즘처럼 지방자치단체의 예산을 지원받을 수 있던 시절도 아니었다. 단체 운영을 위

<table>
<tr><td>

주여 같이 가 주

<Negro Spiritual>

[1] 외로운 나그네 <합창> ············전원성가단

　1. 가라! 모세··········Tom Scott 편곡

　　쏘푸라노 독창 ·················권 인 숙

　　바 　스 독창 ·················조 덕 삼

　2. 집에 가고파 ········Tom Scott 편곡

　　Alto Solo ·····················서 선 숙

　3. 서쪽과 동쪽<6 부>··Vana Christy

　4. 주여! 같이 가주<6 부>

　　　·······G. W Kemmer 편곡

[2] 극적합창·················전원성가단

　1. 천지창조 <Creation>···Tom Scott

　　성 남 시·····················양 갑 진

[3] 민족적 찬미가 보름시도 ······회중과 전원성가단

　1. 이게 이곳에서·········나 운 영 곡

[4] 걱정마요, 나그네<합창>·········전원성가단

　1. 스윙로<Swing Low>

　　바스 독창 ·················조 덕 삼

　2. 생 수

　　바리톤 독창 ·················윌리엄스

　3. 내가 신자되고저<6 부>···Hall Johnson 편곡

　　쏘푸라노 독창 ·················권 인 숙

　4. 걱정 마요 나그네<6 부>R. N. Dett

　　바리톤 독창 ·················윌리엄스

　5. 나의 영혼이 아브라함 품안에

　　　···Erelyo Lurve Pittman

　　바리톤 독창 ·················윌리엄스

</td><td>

To Walk With Me

<Negro Spiritual>

[1] **Solitary Traveller** ··············Pastoral chorus

　1. Let my People go ···Arr. Tom Scott

　　Sop solo···················Koun In suk

　　Bass Solo ···············Cho Duck sam

　2. Sometimes I feel like ···Tom Scott

　　Alto Solo ·····················Su Sun Sook

　3. East and West ················Christy

　4. Want Jesus to walk with me·········

　　　　······G. W. Kemmer

[2] **Dramatic Anthem** ···············Pastoral chorus

　1. Creation·····················Tom scott

　　Poet creation··················Yang cap jin

[3] **Korean Hymnal** ······Congregation & Pastora[1]

　　　　chorus

　1. Now at here············Nah un young

[4] **Don't Be weary Traveller**···Pastoral chorus

　1. Swing Low

　　Bass solo ···············Cho Duck Sam

　2. Chilly Water

　　Bariton solo ···············H. J. William

　3. Lord. I want to be a Christian

　4. Don't be weary Traveller ···R. N. Dett

　　Bariton Solo·················H. J. Williams

　5. Roka Mah Soul in the bosom of Abraham

　　　　······E. L. Pittman

　　Bariton Solo·················H. J. Williams

</td></tr>
</table>

1959년 6월 대구제일예식장에서 열린 전원합창단 창단연주회 프로그램

해서는 순수하게 후원자들을 모아 모든 경비를 마련해야 했다. 순수하게 음악을 좋아하는 사람들이 하나 둘 모이기 시작했다. 그들이 단원이 되었고 또 후원자도 되었다.

창단 준비 연주로 헨델의 〈메시아〉를 연주했고, 1959년 창단연주회로 '흑인영가'를 무대에 올렸다. 그는 완벽을 추구하는 성격이었다. '흑인영가'에 흑인이 없으면 안된다고 생각했다. 어렵게 흑인 연주자를 섭외해 특별 출연시켜 세간의 관심을 모았다.

합창단을 이끌고 여러 합창곡을 공부하면서 그는 세계를 알고 느끼고 싶다는 생각을 보다 더 간절하게 하게 된다. 그는 합창이 우리나라 음악이 아니라는 것을 항상 전제에 두고 있었다. "서양은 1천 7백 년 이상 교회 예배 등으로 합창을 해왔지만 우리나라는 백여 년 전 선교사들에 의해 전해온 것이 시작이니까요. 항상 외국의 것을 보아야 하고, 우리 것을 외국사람에게 보여주고 평가받아야 합니다."

외국유학이 어디 쉽던 시절이었던가. 하지만 기회는 간절히 바라는 사람에게 찾아오는 법. 그는 우연히 극동지역 기독교연합회에서 공모한 유학프로그램에 지원해서 유학의 기회를 갖게 된다. 당시 유학을 떠나는 일은 쉽지 않았다. 국회의장 보증까지 받아야 했다. 나라 선택의 폭도 좁았던 터라 그는 선택 가능한 나라 중 유일한 영어권이었던 필리핀을 선택했다.

1960년대 필리핀은 우리나라보다 경제적으로도 나은 선진국이었다. 그는 1966년 필리핀 유니온대학에 입학해서 교회음악을 전공하고 이어

1970년 전원아카데미합창단 발표회 장면

필리핀국립대학 대학원에서 성악과 합창지휘를 전공했다. 필리핀국립대학에서 그는 에스텐 슬라오 교수를 만났다. 슬라오 교수는 7개 외국어를 구사했고 여러 면에서 완숙한 음악예술가로서의 자세를 보여주었다. 그는 스승을 지켜보면서 큰 감명을 받았다고 했다.

1969년 공부를 마치고 귀국하면서 장영목은 전원합창단을 아카데미합창단으로 개칭한다. 전원합창단의 주된 레퍼토리였던 성가곡 위주에서 보다 폭넓은 음악세계를 보여주겠다는 의지의 표현이기도 했다. 당시만 해도 아직 합창은 교회 성가대 공연이 전부라는 인식이 있었다. 그렇지만 그는 성가 위주에서 벗어나서 폭넓은 합창을 할 수 있어야 한다고 생각하기 시작했다.

도전과 실험, 대구시립합창단 창단

아카데미합창단은 음악을 좋아하는 마음 하나로 모인 아마추어 합창단이었던 만큼 단원들 간의 의리와 우정도 돈독했다. 지역에서 크고 작은 기업을 이끌던 후원자들도 힘을 보탰다.

"우종묵 옛 고려예식장 대표는 20여 년간 연습실을 무료로 사용할 수 있도록 도와주셨어요. 이외에도 여러 분들이 선뜻 이사(후원자)를 맡아주셨어요. 큰 힘이 되었지요. 요즘 합창단들처럼 물질적으로 부족함이 없는 사람들은 이런 과정을 어디 이해하겠습니까."

뜻을 같이하는 사람들이 많으니 관객을 모으는 일 또한 어렵지 않았다. 아카데미합창단의 연주가 열릴 때에는 객석이 언제나 가득 찼다.

그는 1976년 우리나라 합창지휘자로는 최초로 일본 교토합창단을 지휘할 기회를 갖게 됐다. 그가 편곡한 〈봉선화〉를 교토합창단 지휘자가 지휘하고 그는 직접 일본곡을 지휘했다. 일본 합창단의 입으로 일본 무대에서 〈봉선화〉가 울려퍼지는 순간에는 그도 울고 객석에 함께한 한국 교민들이 모두 눈물을 흘렸다. 그는 세월이 흐른 지금 돌아봐도 감개무량한 순간이었다고 회고했다.

1976년 일본 교토회관에서 열린 한일교류음악회에서 일본유네스코합창단 지휘 후

　　대구시립합창단이 생긴 것이 1981년이니 그 이전 시기 대구의 합창 활동은 대부분 아카데미합창단의 활동 역사라고 볼 수 있다. 그는 1970년대 초반부터 국악단체, 무용단체와도 협연을 시도했다. 대구음악제에서 지역 작곡가의 곡들을 초연 무대로 올리기도 했다. 1978년에는 부활절을 기념해 대구 최초의 대합창음악회를 열었다. 1995년에는 아카데미합창단을 이끌고 계명대합창단과 함께 칼 오르프의 〈카툴리 카르미나〉를 초연했다.

　　장영목의 합창인생은 언제나 새로움을 향한 도전과 실험의 연속이었다. 그의 도전 정신은 대구시립합창단 창단이라는 대구합창사의 큰 획을 긋는 작업으로 이어진다. 1970년대 대구음악은 기악과 성악이 중심이었다. 그는 합창의 힘을 믿었고, 보다 실질적인 합창운동의 필요성을 체감했다.

1980년, 아카데미합창단은 대구시립교향악단과 협연 무대를 기획해 헨델의 〈메시아〉 전곡을 원어로 합창했다. 대구시를 대표하는 연주단체와 어깨를 나란히 한 것이다. 그 결과 협연 이듬해인 1981년 대구시립합창단 창단을 이끌어냈다.

"지금 돌아보면 어떻게 할 수 있었나 싶어요. 1971년부터 진주교육대학 교수직을 맡고 있었던 터라 십여 년을 진주와 대구를 오가며 출퇴근했어요. 낮에는 학생을 가르치고 밤에는 아카데미합창단 연습, 대구시립합창단 창단 작업, 쉴 틈이 없었죠."

시립합창단을 만들고 상임지휘자 자리에 올랐으나 처음부터 큰 욕심을 낼 수는 없었다. 우선 지휘자와 반주자만 상임단원으로 정식 승인을 받고 출발했다. 그래서 시립합창단 초창기 공연에는 대부분 아카데미합창단 단원이 함께 무대에 올라야 했다. 그는 좋은 연주를 보여주는 것으로 승부를 걸었다. 매년 다섯 명 정도씩 대구시립합창단 단원수를 늘려나갔다. 그 결과 1988년 그의 퇴임 무렵에는 40명 이상의 정원을 확보할 수 있었다. 그는 1981년 창단 때부터 1988년까지 대구시립합창단 상임지휘자를 지내는 동안 정기연주회에서 단 한 번도 같은 곡을 연주하지 않았음을 자랑했다.

그는 같은 곡을 반복해서 연주하지 않는 것으로 잘 알려져 있다. 그가 초연으로 소개한 악보는 금세 음악인들에게 퍼져나갔다. 새로운 것을 탐구하고 그것을 널리 알리는 것에 대한 재미와 보람은 상당했다. 전원합창단 시절부터 발굴하고 작업해온 악보들은 그의 자택에 보관되어 있다. 아파트 베란다에 둔 철제 캐비닛과 종이상자 속에 차곡차곡 쌓여 있는 악보들은 그의 음악인생과 대구합창의 역사를 고스란히 담고 있다.

완벽을 향한 노력

장영목은 1971년부터 1984년까지 진주교육대 교수를 지냈고 1984년부터 1999년 퇴임할 때까지는 계명대 음대 교수로 재직하면서 제자들을 길러냈다. 제자들에게 그는 항상 서양음악의 출발점을 제대로 알고 세계적인 안목을 가질 것을 요구했다. 그도 대구에 안주하지 않고 한국합창총연합회 부이사장 등 주요임원으로 활동하며 국내외 합창세미나에 활발하게 참석했다.

그는 2006년부터 2009년까지 대구예술대 총장을 지냈다. 합창운동에 매진하던 예술인의 자리에서 예술행정의 최일선으로 나선 것이다. 일흔을 넘긴 나이에 선택한 그의 길에 대해서 처음엔 우려의 목소리가 적지 않았다. 당시 대구예술대는 다양한 장르의 예술인들이 모여 반목을 거듭하던 때였기에 더더욱 그러했다. 이사회에서 그를 선임했는데 선출 과정에 대한 반대 여론에 부딪혀 출발부터 순조롭지 않았다.

1980년 대구시민회관에서 아카데미합창단과 대구시립교향악단이 처음으로 협연한 헨델 〈메시아〉 공연 프로그램

"가만히 있어도 원로 예술인으로 대접받을 수 있는 상황에서 엉뚱한 데 휘말린다고 가족들의 걱정이 컸습니다. 그렇지만 대구예술대가 표류하는 것을 보며 평생 예술에 몸담은 사람으로서 제대로 한번 도전해봐야겠다는 생각이 들었습니다."

그는 3년의 임기를 마치고 퇴임했다. 20여 개의 예술 전공이 집결된 예술백화점이라 할 수 있는 대학에서 조화를 이끌어내고 학교를 안정화시켰다. 그는 대구예술대학에서 임기 동안 철학이 있는 예술인을 양성하는 학교로서의 이미지 구축에 최선을 다했다고 자신한다. "섬세한 지휘로 하모니를 이끌어내는 합창지휘 경험을 살려서 대학을 잘 지휘했다고 보시는 분들도 있더군요. 생각해보면 맞는 말 같기도 합니다."

유학이 드물던 시절 외국 대학원에서 유학을 했고 끊임없이 외국 합창단과 교류를 시도했던 그였기에, 그는 항상 "세계를 알고 느끼고 읽을 수 있어야 한다"는 점을 강조한다.

"제가 만나본 외국인들은 기본 서너 개 언어를 구사하더라구요. 이대로 있어서는 그 사람들과 경쟁할 수 없다고 생각하고 조금씩 어학공부를 계속 해나갔어요. 처음엔 서툴던 일본어가 해가 갈수록 실력이 느는 것을 보고 일본사람들도 저의 노력을 인정했습니다."

그는 합창계에서 영어와 일어를 모두 구사할 수 있는 사람으로 손꼽힌다. 국내에서 열리는 크고 작은 합창행사에서 해외 유명 음악인 초청 등의 작업을 척척 해냈다. '지방' 사람이라는 이유로 그의 실력을 가볍게 보는 사람은 아무도 없었다. 그는 1996년부터 3년간 그가 한국합창총연합회 이사장을 맡아 전국합창계를 이끌었다.

그는 1958년 전원합창단 창단연주회 프로그램에서부터 한글과 영어를 병기했다. 합창은 서양의 음악이기 때문에 최고가 되기 위해서는 외국의 것을 보고 배우고 익혀야 한다는 생각에서다. 합창을 시작하던 시절부터 다양한 시도를 거듭했기에 현대음악계에서 이루어지는 다양한 퓨전 형식의 실험에 대한 생각도 분명하다.

"클래식의 본분을 잃지 않는 전제하에서는 여러 가지 실험이 가능하다고 생각합니다. 과거 신에게 바치는 종교음악에서 서양음악이 시작되었듯 음악은 살고 있는 그 시대를 표현하는 것 아닙니까. 시대의 철학을 표현하는 음악을 해야 합니다."

예술가가 시대를 앞서가는 것은 실험, 혹은 남과 다르고 싶은 욕망 때문이다. 그렇지만 그는 언제나 기초, 바탕의 중요성을 강조한다. 먼저 기본을 안 후에 응용과 실험이 이어져야 한다는 것이다. 음악의 내면, 즉 역사를 알기 위한 공부를 게을리 해서는 안된다는 점을 강조했다. 특히 지휘자는 종합적으로 많은 것을 알고 갖추어야 한다.

"제 인생을 돌아봤을 때 완벽했다고 평가할 순 없겠지만 완벽하기 위해 노력해왔다는 점은 자신 있게 말할 수 있습니다. 음악의 길을 걷는 많은 후배들 또한 스스로에게 보다 엄격한 자세로 완벽을 위해 노력하라는 점을 당부하고 싶습니다. 지휘자는 그러해야 한다고 생각합니다."

장영목은 한국합창계에서 시대를 앞서가는 실험을 도맡아온 사람이다. 그의 실험에는 항상 그가 강조해온 '기본'과 '엄격함'이 있었다. 그리고 완벽을 위해 노력하는 과정에서 흘린 적잖은 땀방울이 있었다. 이것이 오늘날 그가 인정받고 있는 이유이자 먼 훗날까지 기억되고 기록될 이유일 것이다.

● ● ●

장영목 선생을 떠올리면 낮고 조용하면서도 느린 말투가 연상된다. 그는 말을 천천히 해야 실수가 없다고 강조하곤 했다. 일평생 합창운동에 몸담으면서 수많은 도전과 실험으로 일관해왔음에도 큰 실수가 없었던 것은 바로 완벽함을 추구하는 성격 덕분이었으리라. 그래서인지 선생과 대화를 나누면 덩달아 차분해지고 말과 생각을 천천히 하게 된다.

칠순을 넘긴 이후에도 언제나 현장에서 활동했기 때문에 2009년에 이르러서야 그의 예술인생을 돌아보는 인터뷰를 할 수 있었다. 그를 몇 차례 만나면서 그를 졸라서 자택에 방문한 적이 있었다. 그가 보관하고 있을 자료가 궁금해서였다.

선생이 일평생 가까이 한 책과 음반, 그리고 악보들은 그의 서재에 가지런히 정리되어 있었다. 그는 합창운동 초창기 시절의 프로그램, 포스터 하나하나 체계적으로 관리하고 있었고, 베란다에도 캐비닛 하나를 별도로 마련해 놓고 악보집들을 보관하고 있었다. 역시 한 분야에서 일가를

이루기 위해서는 작은 자료도 철저하게 관리하는 습관이 뒷받침되어 있
어야 한다는 것을 다시 한번 깨닫는 순간이었다.

인간의 영혼을 즐겁게 해주는 그림
서양화가 전선택

"모든 예술은 인간의 영혼을 즐겁게 해주기 위해 존재해야 합니다. 미인을 보면 기분이 좋듯, 작품도 보는 사람이 유쾌해져야 합니다. 새로운 생각, 새로운 의욕, 새로운 창의는 정신의 건강으로 이어지고 이것은 곧 육체의 건강으로 연결되는 것 같습니다. 어려운 때일수록 스스로에게 더 혹독해져야 합니다. 철저한 자기 관리가 중요합니다. 훗날 후회하지 않겠다는 생각으로 열심히 작품 활동에 임해야겠지요. 성실함만큼 중요한 무기도 없습니다."

사람을 만나면 특유의 기운이라는 게 느껴진다. 특히 원로의 경우에는 얼굴빛과 말투에서 그의 인생이 고스란히 전해져온다. 서양화가 전선택 (1922~)은 얼굴빛이 참 맑다. 마치 성직자, 혹은 어린아이의 그것과도 닮아 있다. 아흔을 바라보는 나이에 어찌 저렇게 맑고 깨끗할 수 있을까? 긴 세월, 참 깨끗하고 순수하게 사셨구나 싶다. 그는 그저 그 얼굴빛만으로 90년 인생을 고스란히 전해주는 사람이다.

"하루 세 끼 제때에 식사하고 그림 그리는 일이 일과의 전부예요. 그렇지만 창작하는 사람들은 누구나 그렇듯 날로 새로운 것을 모색하니 머리에는 항상 새로운 생각입니다. 새로운 생각, 새로운 의욕, 새로운 창의는 정신의 건강으로 이어지고 이것은 곧 육체의 건강으로 연결되는 것 같아요." 건강한 신체에 건강한 정신이 깃든다고 하지만 그는 반대로 정신이 건강해야 신체도 건강할 수 있다고 했다.

그는 일평생 단순한 구도에 부드러운 색채로 다양한 풍경과 인물에 천착해왔다. 미술평론가 김영동은 그의 작품세계에 대해 "어린아이 같은 순수한 정서를 담고 있는 작품세계의 독특한 매력은 심미적 감각에 호소하는 색채의 회화적 요소와 역동적인 정신의 형태적 표현에 있다. 대상과 대화를 나누고 사물을 대하는 관조적 태도가 그의 작품에 생명력을 부여하는 힘"이라고 했다.

그가 궁극적으로 동경하는 세계는 '신세계'와 '이상향'이다. 그는 눈에 익은 산과 들, 꽃과 나무, 여인과 아이, 해와 달, 개와 물고기 등 우리가 일상에서 마주하는 풍경들을 사실적이면서도 함축적으로 재현한다. 보면 볼수록 편안하고 단아한 색채의 작품들, 그 속에서는 꿈틀거리는 생명의 힘이 느껴진다.

날마다 새로운 생각으로 사물을 대하고 즐거이 그림을 그리니 전 화백의 정신과 신체가 건강하지 않을 수 없다. 근래에도 일 년에 한 차례 이상의 개인전을 여는 등 화가로서의 활동은 젊은 작가들 못지않다. 그를 수식하는 또 다른 말은 '월남 작가'이다. 그는 평안도 출신으로 미술교사 생활을 하다가 해방 이듬해 월남했다.

그림을 그리며 살 것이다

스물다섯에 고향을 떠났으니 반세기가 훌쩍 넘었지만 그에게 고향 풍경은 아직도 눈앞에 선하다. "정확히 말해, 평안북도 정주군 임포면 원당동 1315번지의 땅이 내 고향입니다. 통일의 길이 너무 멀어 애써 잊고 살고 있지만 논과 밭, 멱 감던 강물, 뛰어놀던 들녘 풍경을 어찌 잊겠습니까." 농사를 지어 자급자족하고 바다에서 갓 잡아올린 신선한 생선을 늘

먹던 고향 풍경은 언제나 그리움의 대상이다.

그는 초등학교 시절부터 그림에 소질을 보였다. 그의 그림을 보고 미술선생은 언제나 칭찬을 아끼지 않았다. 또 그는 오산학교를 다녔다. 오산학교는 시인 소월과 백석 그리고 이중섭을 배출한 민족학교다. 그곳에서 그는 유학파이면서 최초의 부부 화가로 이름난 임용련, 백남순에게 미술교육을 받았다.

"일주일에 한 번씩 친구들과 함께 나란히 작품을 펼쳐놓고 선생님의 지도를 받곤 했어요. 부부의 평가가 엇갈릴 때 언쟁하시던 모습이 참 재미있었지요. 두 분 선생님께서 제게 그림에 소질이 있으니 열심히 한번 해보라고 하셨어요. 그것이 제가 그림을 택한 가장 큰 이유입니다." 오산학교 졸업 후 일본 도쿄 가와바타미술학교에서 2년간 유학을 했다.

유학을 마친 후에는 정주군 곽산중학교에서 교편을 잡았다. 해방 이듬해 월남했고 강원도 영동과 원주, 경북 김천과 안동 등지를 돌며 교편생활을 하다가 대구에 정착했다. 대구에서는 대륜중학교와 영남대에서 강의했다.

젊은 시절, 그림을 그리고 싶다는 욕망은 간절했다. 하지만 생계를 책임져야 했던 현실과 교직이라는 자리는 그에게 그런 여유를 쉽게 허락하지 않았다. 그러다 쉰을 넘기고 난 1979년 교직을 떠났다. 그는 그때가 '해방'의 순간이었다고 기억했다. 오래도록 바라던 전업 작가의 길이었다. 비록 생활이 넉넉하지 않아도 그림만 그릴 수 있다는 사실이 그저 행복했다.

전선택 〈자화상〉(1952)

그때의 심경은 〈불사조〉(1979)라는 작품에 잘 드러나 있다. 새의 다리 라고는 볼 수 없을 정도로 굵고 튼튼하게 표현한 두 다리는 "나는 그림을 그리며 잘 살 것이다. 죽지 않는다"는 그의 의지를 표현한 것이다. 같은 시기 그린 〈그대를 위한 탑〉(1979)은 녹록치 않은 현실에도 그의 뜻을 조용히 따라준 아내에게 바치는 그림이다.

그는 초기에는 소묘와 수채화를 주로 그렸다. 전쟁 직후 물자난으로 재료를 구하기 힘들었기 때문이다. 이 시기 작품 소재는 생활 주변에서 만나는 닭, 청어, 말과 수레 등이었고 사실적인 경향이 강하게 드러난다. 1950년대 후반부터는 구성적인 요소가 강해지고 추상에 가까운 작품들도 다수 발표한다. 이 시기 이후부터 인생과 자연에 대한 관조적 경향이 원숙미를 더해가며 빛을 발하기 시작한다. 그는 구성주의를 통해 형식주의와 표현주의 어느 쪽에도 기울지 않는 균형감각을 유지하며 조화로운

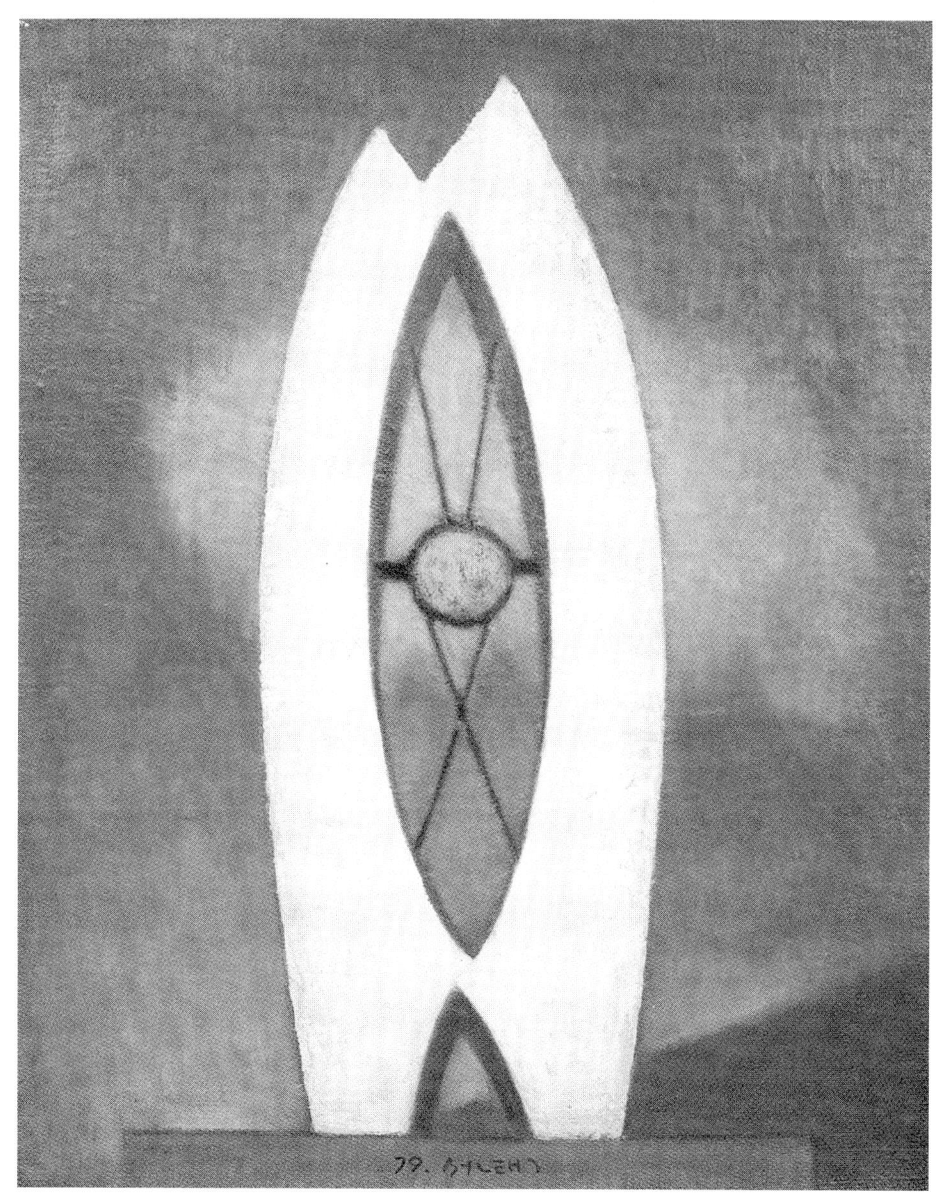

전선택 〈그대를 위한 탑〉(1979)

전선택 〈여명〉(2007)

화면을 만들기 위해 애썼다.

나비처럼 살고 싶다

"하고 싶은 일 하며 살고 있으니 늘 즐겁고 건강하지요. 그렇지만 나이가 나이인지라 전처럼 손이 돌아가진 않아요." 요즘은 젊은 시절 스케치해 놓은 작품들을 한번씩 꺼내 보기도 하고 그것을 다시 작품으로 옮기곤 한다.

최근에 완성한 작품들에는 '나비'가 등장한다. 몇 해 전 그는 아내와 함께 산책하다가 우연히 옷에 붙은 나비를 집에 가져왔다가 날려 보냈다. 나비가 좋은 기운을 불어넣어준 걸까. 그해 그와 부인은 감기 한 번 앓지 않고 평안한 한 해를 보낼 수 있었다. "나비는 깨끗하고 아름다운 곤충입니다. 예로부터 나비에 관한 시와 노래가 많지 않았습니까. 이 꽃 저 꽃 자유롭게 훨훨 날아다니며 여행하는 나비의 삶이 부럽다는 생각을 하다가 화폭에 담아봤습니다."

나비, 꽃, 산책길에 만난 사람들의 얼굴, 뉴스 등 일상 속에서 만난 작은 사건들이 그의 작품 소재가 된다. 예전에는 이런 일상의 풍경들을 스케치로 남기기도 했지만 요즘은 바로 메모해 뒀다가 글감으로 삼기도 한다. 그는 지난 1997년 금언집 『고독에서의 해방을 위하여』를 출간하기도 했다.

2012년 2월에는 그의 그림과 인생 이야기를 담은 책 『파랑새는 날아온다』(한티재)를 펴냈다. 평소 한 편 두 편 써뒀던 글들과 소묘 작품들을 모아 묶은 책이다. 그는 "나는 바보예요. 관념적인 공부도 부족해요. 여러 분야에서 부족해. 형편없어. 엉터리야" 하고 부끄러워했지만 단정한 필체로 정리된 글들은 웬만한 수필가의 문체를 뛰어넘는다.

사물을 바라보는 따뜻한 시선이 듬뿍 묻어나는 그의 글들은 표현수단을 붓에서 연필로, 캔버스에서 노트로 옮긴 것에 다름 아니었다. 글이 바로 그의 그림이고, 그림은 바로 그의 모습이다.

그림을 그리며 살 수 있어 즐겁다고 하지만 창작의 과정이 언제나 즐거운 것만은 아닐 터이다. 그래도 그는 "할 일이 없는 사람은 불행하다. 할 일, 할 수 있는 일이 있다는 것은 행복한 일"이라고 했다.

"음악이 좋아서 학창 시절 악기도 만져보았지만 소질이 없었어요. 일찍부터 그림 소질을 발견하길 다행이지요. 인생이라는 무대에서 나는 화가의 역할을 성실히 수행해나가야 할 배우입니다."

그는 작업을 할 때 항상 라디오 클래식 채널을 즐겨 듣는다. 그림을 그리면서 음악을 자주 가까이 하니 일상의 친구같이 되었다. "클래식 작곡가는 아름다운 악상이 머리에 떠오르면 오랜 시간 심혈을 기울여 악보에 쏟아놓듯, 나는 화가로서 화상을 캔버스에 표출하게 되니 서로 상통한다 하겠지요."

제작삼락

"나의 작품 활동에는 세 가지 즐거움이 있다. 생각하고 또 생각하며 애써 연구를 거듭하다 작품 제작에 필요한 좋은 착상이 머리에 떠오를 때가 첫째, 그것을 소재로 제작하는 작품이 완성될 때가 둘째, 이렇게 제작된 작품을 여러 사람에게 보일 때가 세 번째이다. 제작삼락(制作三樂)이라고 할까."

그는 건전한 정신과 즐거움이 얼굴에 반영되어 여러 사람 눈에 젊게 나타나는 모양이라고 했다. 항상 '즐거운' 마음으로 매사에 임하니 그의 작품을 보는 이들에게도 그 즐거움과 따뜻한 마음이 전해져오기 마련이다. 그는 미인을 보면 기분이 좋듯, 작품도 보는 사람이 즐겁고 유쾌해지도록 제작해야 한다고 했다. 모든 예술은 인간의 영혼을 즐겁게 해주기 위해 존재해야 한다는 것이다.

피카소는 자신이 어린아이처럼 되는 데 평생이 걸렸다는 말을 했다. 실향에서 비롯된 고향에 대한 향수, 꿈같은 환상, 순수한 동심을 그리는 그의 예술은 마음으로 느낀 인생과 자연에 대한 이해요, 해석이다. 구상이든 추상이든 구애받지 않고 경험과 현실에서 소재를 취해 어린아이처럼 꾸밈없이 표현한 그의 작품은 작가 자신의 깨끗한 성품의 반영이다.

전업 작가로의 삶이 쉽지 않다는 사실을 몸소 체험한 그는 후배들에 대한 걱정도 잊지 않았다. "어려운 때일수록 스스로에게 더 혹독해져야 합니다. 철저한 자기 관리가 중요합니다. 훗날 후회하지 않겠다는 생각

으로 열심히 작품 활동에 임하길 바랍니다. 성실함만큼 중요한 무기도
없습니다."

● ● ● ●

전선택 화백은 대구에 정착해 60년 이상을 살았고 지역을 기반으로 작
품 활동을 펼쳤음에도 일평생 외로웠던 작가다. 지역 작가들과 학연이
없어 특별한 그룹 활동도 하지 않았다. 학연, 지연을 중시하던 풍토에서
홀로 서기 쉽지 않았으리라. 그렇지만 이제 지역 화단을 정리하면서 선
생의 위치를 과소평가하는 사람은 없다.

선생의 수성구 신매동 아파트는 주거를 겸한 화실이다. 매일 새벽 5시
쯤 일어나서 가볍게 산책을 나갔다 돌아와서 식사를 마치면 바로 붓을 든
다. 산책길에서 우연히 마주친 나비 한 마리, 길가에 핀 꽃송이, 비 내린
뒤 맑게 갠 하늘 등 소소한 일상의 풍경이 그의 화폭으로 옮겨진다. 그는
작업실에서 라디오 클래식 채널을 고정시켜놓고 작업에 임하다 보면 하
루가 금방 지난다고 했다.

그의 그림인생을 처음으로 인터뷰한 것은 2009년경이었다. 취재를 위
해 자택을 찾았을 때 선생은 거실 한가득 신작들을 세워놓고 기다리고 있
었다. 물감이 채 마르지 않은 작품들도 많았다. 군데군데 놓인 붓과 갓 짜
놓은 물감 자국이 선명한 그의 작업실 풍경은 '원로' 작가의 그것이라기

244

보다 왕성한 젊은 작가의 작업실과 다름없었다. 지역에서 '원로'라는 수
식어를 붙일 수 있는 작가들이 많지만 선생처럼 꾸준히 붓을 드는 사람은
드물 것이다. 그럼에도 선생은 욕심이 더 난다고 했다. 젊은 날처럼 손과
몸이 가볍지 않아 안타깝기만 할 뿐이다.

서양화가 **정점식**

"거리에 뒹굴고 있는 낙엽. 나뭇잎이 이전에 가지고 있던 형상과 지금 뼈만 앙상히 남은 형상 중 실체는 과연 어느 쪽일까. 그러한 실체를 찾아가는 과정이 예술가가 하는 일이 아닐까. 몬드리안이 '캔버스 뒤에서 숨 쉬는 작가의 고민을 알아야 한다'고 했듯 그 실체를 찾는 것이 캔버스 뒤에서 예술가가 해야 하는 일이다. 단 한 사람이라도 진심으로 자신의 작품을 알아주는 사람이 있을 때 예술가는 보람을 느낀다."

"벅차오르는 마음에서……." 1955년 극재 정점식(1917~2009)의 개인전에서 스무 살 채 되지 않은 한 소녀가 방명록에 남긴 글의 한 구절이다. 정점식은 그 글과 소녀에게서 받았던 감동을 평생 잊지 못했다.

"당시에도 대부분의 사람들이 이해하기 어렵다고 하던 내 그림을 보고 어린 소녀가 무엇인가를 느끼고 그것을 글로 표현한 것이 너무나 기뻤다. 단 한 사람이라도 진심으로 자신의 작품을 알아주는 사람이 있을 때 작가는 보람을 느낀다." 한국미술의 거장으로 생의 마지막 순간까지 존경받은 그였지만 한 명의 예술가로서 회상한 생애 감동의 순간은 이처럼 소박했다.

정점식은 일생 동안 대구에서 작품 활동과 후학 양성에 힘쓰며 지역 화단을 이끌어왔다. 화가로서의 이름을 보다 널리 알리기 위해 너도 나도 할 것 없이 서울 화단으로 진출하던 경향이 팽배할 때도 줄곧 지역 화단을 지켜왔다. 계명대학교를 정년퇴임한 1984년 이후에도 2001년까지 강의를 계속했다. 계명대는 그의 공적을 기리기 위해 호 '극재'를 따서 이름 지은 극재미술관을 건립 운영하고 있다. 그가 한국 추상회화에 미친 영향은 크고도 높았다. 2004년 국립현대미술관에서 '올해의 작가'로 선정됐고 2009년 대한민국예술원상을 받았다.

예술가의 길에 서다

그가 직접 지었다는 호 극재(克哉)는 '이겨낸다'와 '이길 수 있을까?'라는 두 가지 의미를 지니고 있다고 한다. 자신을 이겨내고 보다 나은 예술가로서의 길에 이르기 위한 노력을 엿볼 수 있다.

1917년 경북 성주에서 태어난 정점식은 유년 시절 약전골목에서 한의사를 하시던 고모부로부터 한문과 국어를 배웠다. 고모부는 그 무렵 그가 쓴 글씨와 그림을 선비들에게 자랑삼아 선보였고, 그는 거기에서 자신감을 얻었다. 그는 "그것은 당시 미술을 배우는 길에서 소위 정도(正道)가 아니었기에 미술교사에게서 칭찬을 받을 수는 없었으나 그것은 곧 내가 독자적인 화풍을 만들어나갈 수 있게 된 계기가 되었다"라고 회상했다.

그는 일본 교토시립회화전문학교에서 유학했다. 당시 일본 예술가들은 제국주의의 틀에서 벗어나기 위한 다양한 시도를 했다. 기하학적인 큐비즘과 다다이즘과 같은 새로운 사조가 유입되었는데 그도 그런 경향에 관심을 쏟았다. 프로이드, 보들레르, 발레리, 아폴리네르, 칸딘스키 등의 책에 심취하며 예술론에 대한 이해의 폭을 넓혔다.

1941년 유학을 마치고 귀국했으나 어려웠던 당시 사회분위기 때문에 그림 그리는 사람을 보는 눈길이 곱지 않았다. 그래서 그는 삼촌이 살고 있던 북만주 하얼빈으로 거처를 옮겼다. 그곳의 한국인촌에서 머물며 국민학교 교사를 맡았다. 만주에서의 시간은 그에게 잠시나마 숨통을 트게 해줬다. 넓은 황야를 보면서 시대적 고뇌와 무의식을 캔버스에 표현했고 이따금 하얼빈 거리의 이국적인 풍물을 스케치했다. 아쉽게도 그 시기의 작품들은 전쟁 기간 중 대부분 유실됐다.

광복 후 대구의 서양화단에는 서동진, 박명조, 배명학과 같은 자연주의 경향의 화가들이 활동하고 있었다. 정점식의 추상적인 작품은 이런 자연주의와는 거리가 있었다. 때마침 한국전쟁으로 인해 수도권에서 활동하던 많은 예술인들이 대구로 피난 오게 되고 그는 그들과 수시로 만나 예술에 대한 생각을 나누었다. 1953년 개인전 때는 마해송, 박두진과 같은 문인이 그의 화풍에 대한 글을 신문에 기고하기도 했다. 박두진은 영남일보 기고를 통해서 정점식을 "금세 워이워이 들판으로 소라도 몰고 나갈 농부와 같이 소박하면서도 끝없는 겸허와 예리한 지성을 가진 작가"라고 평했다.

많은 학자들이 우리나라 현대미술 시작의 기점을 1957년 무렵으로 잡고 있다. 그해에 서울에서 중견 작가들로 구성된 '모던아트협회'가 창립되었기 때문이다. 모던아트협회는 표현주의, 입체주의를 초월하려는 보다 적극적인 전위회화운동으로, 창립 회원은 박고석·한묵·유영국·황유엽·이규상·황염수 등이었고 2회 전시 이후에는 김경·천경자·문신·정규·정점식 등이 참가했다. 모던아트협회 회원들의 작품은 대체로 구성주의적 추상을 지향하여 그 뒤에 오는 앵포르멜회화운동과 1960년

대의 구상회화 사이의 다리 역할을 했다고 평가받는다.

정점식의 작품 활동에 큰 영향을 미친 사건은 1960년 『내셔널지오그래픽』 잡지를 통해 폼페이유적 발굴 기사를 읽은 것이다. 용암에 뒤덮이면서 순식간에 죽음을 맞아 실체가 빠져나간 형상들의 충격은 컸다. 그는 직접 폼페이에 가서 그 흔적들을 눈으로 확인했다. 이 충격은 이후 줄곧 그의 그림에 영향을 미쳤다.

"거리에 뒹굴고 있는 낙엽. 나뭇잎이 이전에 가지고 있던 형상과 지금 뼈만 앙상히 남은 형상 중 실체는 과연 어느 쪽에 있을까. 그러한 실체를 찾아가는 과정이 예술가가 하는 일이 아닐까."

1970년대 이후 그는 문자의 형태를 활용한 캘리그래픽(calligraphic)한

정점식 〈상황〉(1956)

작품을 시도했다. 화면에서 유동적인 형태가 나타나고 서예와 같은 붓놀림이 이어졌다. 무속의 부적과 같은 형상을 그린 〈발(拔)〉이라는 작품으로, 1978년 『계간미술』에서 평론가 11인이 선정한 '한국 추상화가 베스트 10'에 뽑혔다. 이것은 대구 지역을 떠나지 않고 활동하던 그가 '한국의 화가'로 자리매김하는 중요한 계기가 됐다.

1987년 서울 신세계미술관에서 연 개인전에서는 〈밀총(密叢)〉으로 화제를 모으기도 했다. 그는 작품 〈밀총〉에 계절에 따라 자라 엉키는 풀더미 속에 살고 있을 생명체들을 생각하고 또 그곳에서 이루어지는 은밀한 생식의 이미지를 담아냈다. 그는 1985년 앞산 아래 아파트로 이사하면서 자연을 가까이 하고 살았다. 이후 계절에 따라 변해가는 자연의 섭리와 생명의 실체를 향한 고민을 담아낸 작품들을 선보였다.

문체의 사상가

정점식은 노년까지 앞산 자락의 한적한 아파트에 살았다. 하루 종일 따스한 햇볕이 들어오는 거실은 단순한 디자인의 소파와 탁자, 그리고 벽에 걸려 있는 몇 점의 그림 등으로 깔끔하게 정돈되어 있었다. 탁자 위에는 언제나 커다란 돋보기와 몇 권의 책이 함께 놓여 있었다.

여든을 훌쩍 넘겨 아흔을 바라보던 때까지도 그는 책을 가까이 했다. 화실로 쓰고 있는 안방 벽면과 작은 방 서재는 각종 화집과 책으로 가득

했다. 전공에 관련된 책뿐만 아니라 문학, 미학, 철학 등 책의 장르도 다양하고 양도 방대했다.

"빅토르 위고의 『레미제라블』을 10대 때 읽었어. 당시에는 스토리가 재미있어 읽었을 뿐이었지. 그 후 20대 중반에 한 번 더 읽었는데 그때는 스토리 이면의 것들이 보이더라구. 빅토르 위고가 말하는 공간, 그의 인생관 등이 이해가 되더란 말이야."

글을 쓰는 작가는 글로, 화가는 그림으로, 음악가는 연주로 자신을 표현한다. 그들 각자가 수단으로 택한 예술 장르가 그들의 언어 역할을 하는 것이다. 그는 독서를 통해 여러 예술인들의 예술혼을 이해하려 했다.

반면 추상적인 그의 그림을 이해하기 힘들다고 이야기하는 사람들도 적지 않았다. 그래서 어느 해 그는 자신의 작품 옆에 설명을 붙여본 적이 있었다. 어떤 과정에서 그림이 완성되었고 당시 손의 움직임이 어떠했는지 등을 상세히 적어서 그림 옆에 나란히 전시를 했다. 그런데 주변 사람들의 반응은 "그림보다 글이 더 어렵다"는 것이었다.

"그때 왠지 모를 비애가 느껴졌어. 노력을 해도 알아주는 사람이 없는 것 같았기 때문이지. 그러나 동시에 예술가는 자신이 하고자 하는 말을 잘 전할 수 있도록 고민해야 한다는 사실을 깨달을 수 있었어."

이후 그는 제자들의 전시회 서문을 비롯해 여러 매체에서 원고 청탁을 받으면 최선을 다해 글을 쓰기 시작했다. 자연스럽게 평소 독서와 공부를 통해 쌓았던 나름의 예술론을 펼치는 기회가 되었다. 어느덧 그의 글은 간단명료하면서도 깊은 뜻을 지닌 글로 평가받기 시작했다. 미술평론

정점식 〈발〉(1977)

정점식 〈캘리그래피〉(1993)

가 유준상은 평론을 통해 그를 일컬어 '문체의 사상가'로, 시인 김춘수는 그를 '출중한 문장력을 가진 화가'로 칭송했다.

정점식은 일생 동안 네 권의 에세이집을 묶어냈다. 『아트로포스의 가위』(흐름사 1968), 『현실과 허상』(그루 1985), 『선택의 지혜』(미술공론사 1993), 『화가의 수적』(아트북스 2002) 등이 그것이다. 그의 예술관과 삶의 철학을 들여다볼 수 있는 책들이다.

> 예술가는 누구나 욕심이 많은 인종이라고 나는 생각하고 있다. 그것은 예술이 그 대상 파악과 표현을 통해서 그것을 소유하려는 행위이기 때문이다. 그것은 물질적인 소유가 아니라 정신적인 것이며 예술가는 이 '정신의 왕국'을 건설하기 위하여 존재하는 것이며 나아가서 이것을 예술가 개인적인 것에서 만인 공유의 것으로 사회에 방사하는 데 그 사명이 있는 것이다.
>
> — 정점식, 「예술과 인생의 함수관계」, 『현실과 허상』 중에서

캔버스 뒤에서 숨 쉬는 작가의 고민

"요즘 예술은 굉장히 충격적이고 자극적인 것만을 추구하는 것 같아. 외치고 부수고……. 나는 그런 것만 추구하는 예술은 타락한 것이라고 봐." 무심코 앉은 의자에서 어느 누군가가 방금 앉았다 떠난 듯한 체온이 느껴질 때, 한적한 길을 걷다 마주 오는 누군가와 살짝 스쳐 지나갈

때……. 아주 작은 느낌들이지만 어떤 이는 그것들을 느끼지조차 못하고, 혹 어떤 이는 그것들로 인해 큰 충격을 받을 수도 있다. 정점식이 생각하는 예술은 바로 그런 작고 미세한 느낌이다.

"요즘 흔히들 말하는 포스트모더니즘이라는 게 혼돈 속에서 새로움을 찾는 것인데, 왜 그것을 찾기보다 부수는 데만 주력하는지 모르겠어. 건설적인 것을 내세우는 포스트모더니즘이 아니라 파괴하는 것으로 치우치는 데 문제가 있어. 건설하는 것은 어렵지만 부수기만 하는 것은 쉽지."

새로운 질서를 받아들이기 위한 과정 중 하나가 앞선 질서를 부수고 뛰어넘는 것이다. 그런데 근래에는 그런 일련의 노력보다 파괴하고 부수는 의식 한쪽에만 치우쳐 있다는 것이다. 미술뿐만 아니라 문학 등 근래의 모든 예술 장르에서 그런 면이 보인다고 그는 걱정스러움을 내비쳤다.

하루가 모여 한 달이 되고, 한 해가 되고, 평생이 되는 이 시간의 흐름을 긴 안목으로 집약해본다면 그다지 변화가 없는 되풀이의 연속 같은 것이다. 매일같이 맞이하고 번거롭고 잡다한 저항적인 일들이 시간의 흐름에 따라 희석되고 관념화되면서 망각 속으로 잊혀져간다. 따라서 사람의 일생을 '권태'라는 말로 형용하고 있는지도 모른다. 그러나 우리들의 삶의 현실적인 밀도는 이 시간적인 제한 속에 있으며 오늘이라는 현재 속에 있다. 따라서 나는 하루라는 이 현주소를 소홀히 할 수 없는 것이다.

— 정점식, 「나의 하루」, 『선택의 지혜』 중에서

　"모두 다 떠나고……. 나는 너무 오래 살았어." 함께 예술을 고민하고 활동했던 사람들 대부분이 먼저 세상을 떠났다. 불현듯 찾아오는 외로움은 피할 수 없는 것이기에 그는 그럴 때마다 화구로 손을 뻗거나 책을 잡곤 했다. 끊임없이 이어지는 제자들의 발길도 힘이 됐다. 그는 자신이 받은 그 힘을 제자들의 전시회장을 찾아 격려하는 것으로 돌려주곤 했다.

　"내 그림이 추상적이라고들 하는데 나는 '추상적'이라는 표현이 싫어. 예술가가 찾는 건 실체를 찾아 들어가는 과정의 경험인데 말이야. 몬드리안이 '캔버스 뒤에서 숨 쉬는 작가의 고민을 알아야 한다'고 했지? 그 실체를 찾는 것이 예술가가 하는 일이야."

극재(克哉), 자신을 이겨내고 일평생 보이지 않는 실체를 찾아 예술가로서의 길에 다다른 정점식, 그의 노력은 긴 생명력으로 빛을 발하는 그의 작품에서 고스란히 느낄 수 있다.

• • •

화단의 대가와의 대면이라는 부담은 그와의 첫 만남에서부터 덜어낼 수 있었다. 2001년 초 동성로의 찻집 풀하우스에서 그를 처음 만났다. 머리 희끗한 종업원과 가벼운 농을 주고받는 멋진 노신사의 모습이었다. 이후로 인터뷰를 위해 몇 차례 집을 찾으면서 어려운 미술 사조와 미학에 관한 이야기도 차근차근 설명해주시는 푸근한 모습과 목소리, 그리고 마치 제자를 대하듯 스스럼없는 태도에서 거리감쯤은 쉽게 잊혀졌다.

그는 건강이 악화되기 이전까지는 고령에도 불구하고 제자들의 전시회에 빠짐없이 참석했고 서문도 거절하는 법 없어 써줬다. 그의 평문은 짧지만 강렬한 메시지를 담고 있다. 그 메시지는 그의 독특한 필체에서도 고스란히 느껴진다. 제자들 가운데는 그의 필체를 그대로 살려 프로그램 서문에 싣는 사람도 적지 않았다. 필자도 그의 필체로 사인 몇 장을 받았다.

이 인터뷰의 대부분은 2001년과 2002년, 그리고 2005년에 이루어진 것이다. 정점식 화백을 마지막으로 만난 것은 2009년 봄이었다. 원로 사진가 윤주영 선생이 정 화백의 인물 사진을 촬영하고 싶다고 연락해와 촬영 일정에 동행했었다. 분야는 달랐지만 두 대가의 만남은 강한 인상으로 남아 있다. 팔순을 넘긴 사진가가 아흔을 넘긴 서양화가를 대하는 깍듯한 예의와 그에 응하는 정 화백의 모습을 가까이서 지켜볼 수 있었던 것은 행운이었다. 그리고 윤주영 선생이 인화해서 보내준 사진을 전달하기 위해 정 화백의 집을 찾아갔다. 그는 자신의 작품이 2009년 부산국제영화제 포스터 이미지로 결정됐다고 자랑하며 기뻐했다.

그는 일평생 소식(小食)을 해온 습관 덕분에 오랜 세월 건강을 유지했다. 2009년 6월 세상을 떠나기 전 잠시 병원 신세를 졌을 뿐이었다.

조각의 토대를 일구다
조각가 홍성문

"내게 있어 시(詩)는 조각의 철학적 바탕인 셈이야. 예술을 하려면 철학적 바탕이 있어야 하는 거잖아. 내 조각의 바탕이 바로 시야. 시의 바탕은? 삶이지. 삶, 생명……. 점점 나이가 들면서 자연스럽게 '자연'이 작품의 소재 원천이 됐어. 마음을 비운 상태에서 낙서하듯 드로잉하다가 작품이 되겠다 싶으면 바로 작품으로 옮겨. 그러다 보니 주로 자연이 표현 대상이 되더라구."

서로 다른 환경에서 자라고 성격도 다른 남녀가 부부가 되어 살다 보면 닮는다고 했다. 부부뿐이겠는가? 조각가 홍성문(1930~)과 그의 조각작품들은 가족처럼 닮아 있었다. 무뚝뚝한 입매와 매서운 눈매를 지닌 작가의 얼굴이 부드러운 곡선의 조각작품과 적당히 조화를 이루고 있으니 신기할 따름이다. 거칠고 울퉁불퉁한 돌과 나무를 수천 번, 수만 번 쓰다듬고 매만지는 과정에서 서로 닮아버린 것일지도 모른다.

홍성문은 1954년 서울대 조소과를 졸업하고 모교인 김천중고등학교에 재직하다가 1963년 대구교육대학교로 자리를 옮기면서 대구에 정착했다. 이후 대구교육대, 효성여대, 영남대 등에 재직하면서 많은 제자들을 길러냈다. 1965년 국전에 〈동양의 얼굴〉이 당선되면서 일찌감치 두각을 드러냈다. 이후에도 국전 입선과 특선, 문공부장관상 수상 등 국전을 통해 작품성을 인정받았다.

그는 고등학교 시절부터 국문학 전공을 생각할 만큼 문학에도 심취했다. 네 권의 시집을 묶어 출간하기도 했다. 그의 예술적 감성은 시와 조각으로 동시에 드러난 셈이다. 본격적으로 조각에 뛰어들기 전이었던 1962년에는 경북문화상 문학(시)부문에서 수상을 했다. 그가 평생 지녀온 예술관도 "시와 조각은 별개가 아니고 표현수단이 다를 뿐이다"는 것이다.

그래도 그의 대표적인 예술세계는 조각으로 평가받고 있다. 그는 지역에서 조각이라는 장르가 정착되지 못했던 1960년대, 그는 찬찬히 조각의 토대를 일구어나갔다. '63미전', '이상회'와 같은 미술단체 조직에도 앞장섰고 1980년 순수조각단체인 경북조각회를 창립했다.

"누군가 내 작품세계를 이야기하면서 '시와 조각의 어울림'이라는 표현을 썼던데 내게 있어 시는 조각의 철학적 바탕인 셈이야. 예술을 하려면 철학적 바탕이 있어야 하는 거잖아. 내 조각의 바탕이 바로 시야. 시의 바탕은? 삶이지. 삶, 생명……." 그가 살아가는 이 세계의 모든 생명이 그가 표현하고자 하는 대상이자 작품세계의 바탕이다.

시, 조각의 만남

1930년 경북 김천에서 태어난 그는 김천고등보통학교(현 김천중고등학교)를 졸업했다. 그는 재학 시절부터 예술 여러 장르에 관심을 가졌다. 미술반을 비롯해 문예반 등에서 활발히 활동하며 수많은 예술이론서들을 접했다. 고등학교 졸업할 무렵에는 작은 시집을 한 권 펴내기도 했다. "습작처럼 쓴 것들이라 200부 한정판으로 묶어냈어. 당시 대구역 앞에 있던 문화서점에 서른 부 갖다 뒀는데 두 주 지나고 나니 두 권만 남아 있더군."

전공을 국문학으로 택할 법한데 그는 의외로 조각으로 진로를 정했다. 남들이 하지 않는 것을 해보자는 생각에서였다. "당시 조각을 전공하는 것은 드물었거든. '입체의 본질은 요철에 있다'는 일본의 조각가 다카무라 고타로의 말에 영향을 받았다고 할 수 있지."

그는 1950년 서울대 미술학부에 입학했다. 그런데 곧바로 한국전쟁이 발발했다. "입학을 6월 15일에 했는데 대학을 한 일주일 다니고 나니 전쟁이 났어. 죽어도 고향 가서 죽어야겠다 싶어서 기차 타고 대구로 내려왔지."

그는 전시연합대학(戰時聯合大學)에 등록해서 일 년 동안 2년 과정의 학점을 땄다. 전시연합대학은 한국전쟁 당시 발족한 대학이다. 전쟁으로 전국의 대학이 정상적으로 수업을 할 수 없게 되자, 전시연합대학에서 합동수업을 받도록 했다. 이곳에서 이수한 학점은 재적 학교에서 인정받을 수 있었다. 1952년 전시연합대학이 폐지되고 부산 송도에 피난을 내려온 서울대 사범대와 미대를 오가며 학점을 이수했다. 그러던 중에 서울이 수복되어서 1954년 서울에서 졸업할 수 있었다. 열다섯 명의 서울대 동기생 가운데 4년 만에 졸업까지 이른 사람은 그뿐이었다. "전쟁으로 행방불명된 사람도 있고 의용군으로 끌려가기도 했으니 부산에서 학교에 다닌 사람도 몇 안 됐어."

그는 학창 시절 문학 활동도 활발히 했다. 서울대 미대 졸업반이던 1953년 『대학신문』 전국대학생문예콩쿠르에서 시 「문」으로 당선됐다. 같은 해 소설 부문에는 이어령 씨가 「초상화」로 당선됐다. 1954년 월간지

홍성문 〈자소상〉(1953)

1982년 프랑스 파리 부르델미술관에서. 왼쪽부터 홍성문, 최학로, 부르델 미술관장, 주해준, 남충모

『문화세계』 현상모집에 시 「부엉이」가 당선되는 등 문학적 재능을 인정
받았다. 또 1954년 열린 제1회 서라벌예술제에 시를 두 편 출품했는데 두
작품 다 입선했다. 시상식 후 열린 낭송회에 참석하면서 그는 조지훈 시
인을 비롯해 유명 예술인들과 가까이 지내게 됐다.

　조지훈 선생을 알게 된 후로 한 달에 한 번꼴로 습작한 작품들을 들고
서울 성북동 자택을 찾아갔다. 당시 교사로 활동하면서는 조소작업이 어
려웠기 때문에 그는 문학에 더 몰입했다. 그 시절의 작품들을 묶은 것이
1955년 발간한 시집 『문』과 1957년 발간한 시집 『꽃과 철조망』이다. 그
가운데 『꽃과 철조망』은 조지훈 선생이 직접 서문을 써주었다.

"좀처럼 서문을 써주지 않는 사람으로 유명했지. 조지훈 선생의 서문을 받은 건 내가 처음일 거야." 조지훈 선생의 지도를 5, 6년쯤 받았을 때 스승의 건강이 악화되면서 그것도 그만두게 됐다. 이후 홍성문은 두 권의 시집을 더 펴냈다. 그러다 노년에는 거의 시작(詩作)을 하지 않았다. 그는 그 이유를 "나이가 들면서 고민을 거듭해 어휘를 만들어내는 게 쉽지 않기 때문"이라고 이야기했다.

조각의 불모지를 일구다

학교를 졸업하고 그는 모교 김천중고등학교로 가서 미술과 국어수업을 맡았다. 고향에 자리를 잡고 7년쯤 교편을 잡던 중 1963년, 대구교육대학교 교수로 자리를 옮겼다. 그리고 1967년 효성여대에 미술학과가 처음으로 생기면서 최근배 선생의 권유로 효성여대로 자리를 옮겼다. 효성여대는 미술전문학과가 최초로 생겼다는 점에서 매력적이었다. 효성여대에서 11년 동안 강의하다가 1979년 영남대에 조소과가 생기면서 영남대로 다시 자리를 옮겼다.

그는 대구교육대학에 부임하던 1963년 '63미전'에 참가했다. 참가한 작품은 스스로가 '최초의 완성된 조각품'으로 꼽는 자소상으로 1953년 대학 졸업 직전에 만든 것이었다. '63미전'은 대학 등지에서 강의를 하던 사람들이 뜻을 모아 만든 그룹이었다. '63미전'에 조각작품을 출품한 사람은 그가 유일했다. "당시에 일반인들은 조각을 잘 몰랐어. 사람 조각을 보면 불상인 줄 아는 사람도 많았지."

그도 그럴 것이 1960년대까지 대구는 조각의 불모지였다. 시대 상황과 마찬가지로 척박하던 미술계에서 1950년대 서양화가 주경의 조각작품 몇 점이 있었고 경주 출신 조각가 김만술의 작품이 대구 전시에 출품된 적이 있었다. 하지만 1960, 70년대 대구에 미술대학이 생겨나면서 조각이 확고한 장르로 자리 잡았다. '조각가'라는 수식어를 달고 본격적으로 활동을 시작한 사람은 홍성문이 최초였다.

그는 서양화가 신석필 등과 함께 1969년 이상회 그룹을 창립했다. 이(以) 자와 상(象) 자를 쓰자며 '이상회'라는 이름을 제안한 것도 홍성문이었다. '이상회'는 한자 뜻 그대로 '형상으로써, 형상으로부터'의 뜻을 가진 그룹 이름이다. 1970년 대구에서 첫 전시를 열고 부산, 목포, 청주, 전주 등 국내 여러 도시와 일본, 중국 등지를 돌며 순회전을 여는 등 활발하게 활동했다. 주요 창립멤버들은 십여 년 활동하고 그룹을 떠났으나 이상회는 현재까지도 명맥을 이어가고 있다.

홍성문은 1980년 경북조각회를 창립했다. 경북조각회는 홍성문을 비롯해 박병영, 남철, 김익수, 정은기, 황태갑 등 지역의 조각가들이 힘을 모은 첫 그룹이었다. 창립 첫 전시회는 서울 이목화랑에서 열었고, 다음 해부터 대구에서 매년 그룹전을 열고 있다. 경북조각회는 현재까지 단 한 해도 거르지 않고 전시를 열고 있고, 홍성문도 매년 작품을 출품하고 있다.

홍성문 〈동양의 얼굴〉(1965)

자연에서 비롯된 감성을 추상화

그는 첫 개인전을 1971년 경북공보관 화랑에서 열었다. 조각작품과 함께 자작시도 나란히 선보이는 시화전 형식으로 꾸몄다. 비록 발표하지는 않았지만 그의 시에 대한 관심이 여전했음을 보여준 전시였다.

그의 초기 조각품들에는 나무, 돌, 철, 시멘트 등을 소재로 인체의 겉모습을 형상화한 것들이 많다. 국전에서 두각을 보인 〈동양의 얼굴〉(1965년 입선), 〈춘조〉(1972년 특선), 〈회귀비곡(回歸秘曲)〉(1973년 문공부 장관상) 등은 풍만한 곡선을 보여주는 목조작품들이다.

그는 자신이 가장 큰 영향을 받은 조각가로 로댕을 꼽았다. 일본 조각가 다카무라 고타로의 책 『로댕의 말씀』에 로댕이 만년에 하늘의 구름을 보고 늘 감탄했다는 부분을 늘 기억하고 있다. 다카무라 고타로의 『로댕의 말씀』과 『조형미론』은 그가 지금까지도 소중히 간직하고 있는 책이다. 그때의 감동을 그는 시 「그 구름 한송이……」에서 묘사하고 있다.

칠월의 하늘가 / 떠도는 그 구름 한송이…… / 너의 어설픈 스튜디오로 / 안내한다

그저께만 해도 / 눈·코가 실린 / 작업에 / 신경을 곤두세우더니

이제는 / 아주 평안하다 / 부드러운 구름처럼 / 마음이 스멀스멀 흘러내려

허지만 / 그 가운데는 / 보다 많은 것이, 인간사가 / 서려져 있네

칠월의 하늘가 / 매암도는 그 구름 한 송이…… / 너의 작업대 위에 / 댕그랑

불러 놓는다.

만년의 로댕이 / 지팡이 짚고― / '미동'의 언덕을 / 그 숲속을 거닐며 / 그처럼 감탄하던 구름……

인체의 이법을 터득하던 / 그 구름아! …… (후략)

1980년대 이후 작품은 비구상적인 작품들이 주를 이루고 있다. 재료는 주로 나무를 사용했다. 투박한 인체 모양에 풍부한 감성을 전달하고 있다. 1990년대와 2000년대 작품은 산, 구름 등 자연에서 나온 심상을 추상화시켜 표현한 작품들이 주를 이룬다. 그의 이런 자연스러운 추상작품

273

들도 인체 작품을 통해 비례와 운동감 등의 기초를 닦았기 때문에 가능했다.

"나무가 체질에 맞는 것 같아. 자연스럽잖아. 마음을 비운 상태에서 낙서하듯 드로잉하다가 작품이 되겠다 싶으면 바로 옮겨. 그러다 보니 추상, 구상 등으로 한계 지을 수 없는 것들이 많은데 주로 자연이 표현 대상이 되더라구." 그는 나이가 들면서 자연스럽게 '자연'이 작품의 소재 원천이 됐다고 했다. 2000년대 후반에 제작한 〈구름의 노래〉, 〈달의 노래〉 등이 자연에서 비롯된 감성을 추상화한 작품이다.

그는 산과 물과 더불어 자연스럽게 흘러가듯 살고 싶다고 했다. 그의 호 '이산(以山)'의 의미도 '산으로서, 산과 더불어' 살고 싶어하는 그의 마음이 담긴 것이다. "요즘은 다 벗어나고 싶어. 순수 무(無)의 세계로 나가고 싶어. 글을 쓰든 조각을 하든 마음을 비우려고 노력해. 여산약수(如山若水)가 내 좌우명이야. 글자 뜻 그대로 산처럼 물처럼 흘러가듯 살고 싶어."

• • • •

조각가 홍성문 선생을 떠올리면 중절모를 쓰고 전시장 한편에 서 있는 모습이 생각난다. 1960년대부터 지역 대학에서 강의를 했으니 그가 길러 낸 제자만 해도 수없이 많다. 지역에서 활동하는 조각가 가운데 가장 존

홍성문

경하는 인물로 홍성문 선생을 꼽는 사람이 많다. 그는 제자들의 전시회 서문을 즐겨 써주기도 했지만 현직에서 물러난 뒤로부터는 제자들의 전시장에 빠짐없이 나오는 것으로 격려를 대신했다.

인터뷰를 위해 그의 자택을 처음 찾았던 것은 2003년 봄이었다. 남구 대명동의 조용한 주택가 자택에는 그와 그를 쏙 빼닮은 작품들이 함께 살고 있었다. 그때 그의 시집들을 처음 만났다. 원로 조각가의 옛 시들을 넘겨보는 것은 새로운 감동이었다. 그래서 그의 조각작품에서 시의 운율이 느껴졌나 싶었다.

2008년 대구문화예술회관 초대회고전 때, 그는 그림 그리는 사람들이 부럽다고 이야기한 적이 있다. 조각을 하는 행위는 노년의 육체가 감당하기에 힘이 들기 때문에 자유롭게 작업할 수 없음을 아쉬워하는 말이었다. 50년의 세월을 조각과 함께 살았으면서도 아쉬움이 생기나 보다. 그런 선생을 보면서 "예술에는 정년이 없다"는 말이 새삼 떠올랐다.

예술가 약력

강상규 (1936~) | 경북 김천 출생. 계명
대 교육대학원에서 미술교육을 전공했다.
1964년 일본 후지국제사진콘테스트에서 수상
하면서 사진가로 데뷔, 1971년부터 국전에 사
진을 출품해 수상경력을 쌓기 시작했다. 1976
년 한국 최초의 사진역사서 『한국사진사』를
펴냈다. 1981년 사진학과가 생긴 대일실업전
문대학(현 대구미래대학)에 발령받아 2001년 정
년퇴임 때까지 후학을 길러냈다. 작품집 『천
지창조』, 『유형 그리고 무형』, 『천혜의 낙원』
이 있다. 경북문화상, 대한사진문화상, 백오
이해선 사진문화상, 대구사진문화상 등을 받
았다.

권명화 (1934~) | 경북 김천 출생. 김천
서부초등학교 졸업, 경북국악원에서 박지홍
선생을 사사했다. 1953~1962년 경북국악원
조교 및 강사로 활동했고 1963년 권명화고전
무용학원을 개원했다. 1966년부터 개인 민속
무용발표회를 시작했다. 1985~1988년, 1991
~1992년 대구국악협회 무용분과 위원장을
지냈다. 1985~1997년 자인한장군놀이 무용
을 안무했다. 1995년 살풀이춤으로 대구광역
시 무형문화재 예능보유자로 지정됐다. 전국
무용경연대회 공로상 및 안무상, 전국민속예

술경연대회 개인연기상, 경산시장공로상, 대
구시예술대상 등을 받았다.

김기전 (1935~) | 일본 도쿄 출생. 6세
때 한국으로 돌아와서 함경남도 이원에서 고
등학교까지 수학. 한국전쟁 때 피난을 내려와
서 경남여고와 부산대에서 수학하고 경기여
대를 수료했다. 1952~1954년 임천수가 이끄
는 국보오페라단 단원으로 활동했고, 1954년
부산 화교중학교 출강, 1955년 군예대 조교로
활동했다. 1957년 정막무용연구소, 1961년 대
구바레아카데미를 개원해 수많은 무용가들을
길러냈다. 1981~1988년 대구시립무용단 창
단 및 초대 상임안무자를 역임했다. 2001년 소
극장 스페이스콩코드 개관, 2004년 (사)시민
문화연구소를 설립했다.

김수배 (1926~2006) | 경북 청도 출생.
16세 무렵 처음으로 농악을 접했고, 1945년 대
구 서구 비산동으로 이사하면서 비산농악단
에 입단했다. 1960년대부터 전국민속예술경
연대회에 출전하면서 상쇠로 이름을 알리기
시작했다. 날뫼북춤으로 제33회 전국민속예
술경연대회 문화부장관상을 수상했고, 1998

년 제15대 대통령 취임식 축하 공연에도 참가
했다. 1983년 영남대 교수들에 의해 비산농악
이 발굴되었고 1984년 비산농악 가운데 두드
러지게 발달한 날뫼북춤이 무형문화재로 지
정되면서 날뫼북춤 예능보유자가 되었다.

김우조 (1923~2010)　｜ 경북 달성 출생.
계성학교에서 서진달의 지도로 미술수업을
받았고, 1941년 제20회 조선미술대전에서 〈책
을 읽는 소년〉으로 입선했다. 1947년 대구화
우회 창립회원, 황토회 등에서 활동했고 대구
경북중등미협 회장, 대구시전 심사위원을 역
임했다. 1950년 '향토작가 7인전'과 1969년
'한국현대판화 10년전'에 출품했다. 청도군
풍각초등학교를 거쳐 포항, 구미 등지에서 교
편을 잡았다.

김종복 (1930~)　｜ 대구 출생. 1950년 경
북여고 졸업, 1956년 일본 유학, 1972~75년
파리 프랑스아카데미 드 라 그랑드 소미에르
수료, 파리국립미술학교 도안과 대학원을 졸
업했다. 1976~1995년까지 효성여대(현 대구가
톨릭대) 미술대학 교수를 역임했고, 1995년 정
년퇴임기념 화집을 출간했다. 현대미술초대
전(국립현대미술관), 이과회, 신구상회, 신미술
회, 한·일교류전 등에 참가했다. 프랑스 르 살
롱전 금상, 대구시문화상, 최영림미술상 등을
받았다. 2009년 리안갤러리, 2011년 대구미술
관 개관기념전에 초대됐다.

신석필 (1920~)　｜ 황해도 봉산 출생. 황
해도립해주미술학교를 졸업하고 평양국립미

술학교에서 조각과 조소를 부전공하며 조교
로 재직했다. 1950년 한국전쟁 발발과 동시에
월남했고 이중섭, 최영림, 박성환, 박항섭, 한
묵 등 12명과 월남화가단을 조직해서 활동했
다. 대구미협전, 대구미술가협회, 이미전, 신
제작전, 구상전, 이상회, 한국신구상회 회원으
로 활동했다. 대구서고, 남산여고에서 강의했
고, 대구시문화상을 받았다. 고대 한국과 일본
의 관계에 대해 관심이 커, 1989년부터 1996년
까지 월간 『대구문화』에 '일본 속 고대 한국
인의 발자취'를 연재했다.

우종억 (1931~)　｜ 경북 달성 출생. 대구
상고 졸업 후 대구대 상과대에 입학했으나 중
퇴하고, 계명대 종교음악과로 편입해 작곡을
전공했다. 1977~1979년 일본 도호가쿠엔음
악대학에서 지휘를, 센조구가쿠엔음악대학에
서 작곡을 공부했다. 대구교향악단, 대구관현
악단 멤버로 활동하고 1964년 대구시립교향
악단 창단단원이 되었다. 트럼펫 수석주자로
활동하다가 1970~1979년 부지휘자, 1979~
1986년 상임지휘자를 역임했다. 심포니교향
곡 〈아리랑〉, 관현악을 위한 〈백두산〉, 〈아리
랑〉, 오페라 〈메밀꽃 필 무렵〉 등을 비롯해 50
여 곡의 창작곡을 썼다.

윤장근 (1932~)　｜ 대구 출생. 1957년 경
북문학협회 창립회원으로 참여했다. 1968~
1990년 국방부 교재 담당(별정직 서기관)을 지냈
고 1983~1996년 대구대에서 일본의 근·현대
문학을 강의했다. 1967년 소설집 『돌아온 사
람』, 1996년 두 번째 소설집 『먼 북소리』를 펴
냈다. 1997~2006년 죽순문학회 회장을 역임

했다. 2001년 이상화 탄생 100주년과 2002년 백기만 탄생 100주년을 맞아 특별전을 열고 문집을 발간했다. 2008년부터는 이상화기념사업회 회장을 맡고 있다. 2002년 대구서부도서관 내 향토문학관 설치에 큰 역할을 했고, 2010년에는 『대구문단인물사』를 펴냈다.

이기홍 (1926~) ｜ 경북 영천 출생. 1950년 서울대 예대 음악부를 졸업했다. 1969년 오스트리아 빈 국립음악원에서 지휘를 전공했다. 1957년 대구현악회, 대구교향악단을 창단했고, 1963년 대구방송관현악단 창단, 1964~1979년 대구시립교향악단 창단 및 초대 상임지휘자를 역임했다. 싱가포르교향악단, 타이완교향악단을 객원 지휘했다. 1979~1980년 부산시립교향악단 상임지휘자를 맡았고, 1980~1997년 경성대학교 음악대학 교수를 역임했다. 1962년 경북문화상을 받았고 현재 대구원로음악가회 고문을 맡고 있다.

이만택 (1920~2006) ｜ 경북 영일 출생. 1963년 국립극장 장막극 모집에 「난류」로 입상하였고, 1964년에는 한국일보사와 극단 신협이 공동주최한 창작극 공모에 장막극 「무지개」가 당선되어 그해 국립극장에서 초연되었다. 1965년 단막극 「그 많은 낮과 밤을」을 극단 신협이 국립극장에서 공연하였고, 1969년 희곡선집 『무지개』를 출간했다. 1972년 단막극 「은하수에 정사(情死)한 견우직녀의 원혼은 아직도 방황하고 있다」를 발표한 후 극작을 중단했다. 대구고등여학교(현 대구여중), 계성고등학교, 구미오상고 교감, 선화여고 교장을 역임했다.

이필동 (1944~2008) ｜ 경북 안동 출생. 경북고등학교와 서라벌예술대학 연극영화과에서 공부했다. 1967년 극단 인간무대를 만들면서 대구에서 본격적인 연극활동을 시작했다. 극단 공간, 극단 원각사를 창단하고 대표를 맡았다. 1975년 한국연극협회 경북지부장, 1988~1989년 연극협회 대구지부장, 1998~2006년 경주세계문화엑스포 기획실장·처장, 2006년 대구국제뮤지컬페스티벌 조직위원장, 2007~2008년 대구국제뮤지컬페스티벌 집행위원장을 역임했다. 금오문화상, 대구시문화상, 국립포장, 홍해성연극상 등을 수상했다. 저서로 『무대예술입문』, 『대구연극사』, 논문 「극장구조의 변천에 따른 공연형태의 변화」가 있다.

임우상 (1935~) ｜ 경북 예천 출생. 영주농업중학교, 영주농업고등학교를 거쳐 안동고등학교를 졸업했다. 서울대 부설 중등교원양성소, 계명대학교 음대와 교육대학원을 졸업했다. 1957년부터 문경중, 경일중, 대구여고, 경북여고 등에서 음악교사, 1974~2000년 계명대 음대 작곡과 교수를 지냈다. 1969년부터 일곱 번의 작곡발표회를 열었다. 예술가곡집 『고목』, 『어느 날의 그림자』, 『아가』, 『나로도』와 『합창곡집』을 묶어냈다. 음반 〈달구벌환상곡〉, 〈가을 마중〉, 〈나로도〉를 출반했다. 경북문화상, 대한민국작곡상 최우수상, 올해의음악인상, 한국작곡상 대상 등을 받았다.

장영목 (1934~) ｜ 대구 출생. 대구신학대학 졸업. 1958년 전원합창단을 창단하면서 합창운동을 시작했다. 1966~1969년 필리핀

유니온대학에서 교회음악 전공, 필리핀국립대학 대학원에서 성악과 합창지휘를 전공했다. 1971년부터 1984년까지 진주교육대학교 교수, 1984~1999년 계명대 음대 교수로 재직했다. 2006~2009년 대구예술대 총장을 역임했다. 1981년 대구시립합창단 창단 초대 상임 지휘자를 맡아 1988년까지 대구시립합창단을 이끌었다. 세계합창올림픽, 일본국제합창콩쿠르 등의 심사위원을 역임했다. 한국합창총연합회 이사장을 지냈고, 세계합창총연맹 아태지역 실행위원을 맡고 있다.

전선택 (1922~)　ㅣ　평안북도 정주 출생. 이중섭의 후배로 오산학교를 졸업했고, 재학 당시 임용련, 백남순 부부로부터 수업을 받았다. 가와바타미술학교 서양화과 수학. 월남 후 대륜중 교사, 영남대 강사 등을 지냈다. 1960~1963년 국전에 출품했고 양화팔공회전, 자유미협전, 이상회, 신구상회 등에서 활동했다. 대구시전 심사위원을 역임했다. 저서로 『고독에서의 해방을 위하여』, 『파랑새는 날아온다』가 있다.

정점식 (1917~2009)　ㅣ　경북 성주 출생. 대구해성보통학교, 대구학원 문과에서 수학을 하고 일본 교토시립회화전문학교를 졸업했다. 계성중·고등학교 교사를 거쳐 1964년부터 1984년까지 계명대 미술대학 교수 및 학장을, 2004년까지는 명예교수를 역임했다. 한국모던아트협회, 신상회, 창작미협 회원으로 활동했고, 국전초대작가·심사위원·운영위원을 맡았다. 2011년 대구미술관 개관기념전에 초대됐다. 대한민국은관문화훈장, 대한민국

예술원상을 받았다. 에세이집 『아트로포스의 가위』, 『현실과 허상』, 『선택의 지혜』, 『화가의 수적』을 펴냈다.

홍성문 (1930~)　ㅣ　경북 김천 출생. 김천고등보통학교, 서울대학교 미술대학을 졸업하고 김천고, 성의여상, 안동고 교사, 대구교육대학, 효성여자대학, 영남대 미술대학 교수를 역임했다. 1965년 〈동양의 얼굴〉로 국전에서 입선한 것을 시작으로 총 다섯 번 입선했고, 1972년부터 1975년까지 4회 연이어 국전에서 특선에 입상했다. 63미전, 이상회, 경북조각회 창립에 주도적 역할을 했다. 대한민국미술대전 심사위원, 대구광역시 미술위원회 심사위원, 대한민국정수미술대전 심사위원장, 대구미술 10년사 추진위원 등을 역임했다.